様の花嫁教育

秋山みち花

幻冬舎ルチル文庫

CONTENTS ✦目次✦

✦カバーデザイン＝吉野知栄(CoCo.design)
✦ブックデザイン＝まるか工房

イラスト・サマミヤアカザ✦

侯爵様の花嫁教育

「うわ、懐かしい。昔のままでなんにも変わってないや」

手入れが行き届いた庭の中に、壁を白く塗った可愛らしい家が建っている。

庭を囲む低い垣根、入り口のアーチに絡む淡いピンク色の蔓薔薇《つるばら》。ガーデニングをこよなく愛していた母が丹精した庭は、十年前と変わらず、訪れた者を温かく迎えてくれるかのようだった。

初夏のやわらかな陽射《ひざ》しの下、爽《さわ》やかな風が吹き渡っている。

本当に気持ちのいい日で、広瀬結衣《ひろせゆい》はしばらくの間、飽かずに庭の様子を眺めていた。

チェックのシャツにカジュアルなブルゾン、細身のパンツという格好だが、ふんわりした長めの髪に白い肌、それに華奢《きゃしゃ》な身体《からだ》つきと、常に可愛《かわい》いと形容される顔立ちが相まって、結衣は女の子のようにも見えた。

十年ぶりに日本から訪ねてきたこの場所は、幼い頃に住んでいた家だ。

母は日本人だが、父はイギリス人。結衣はロンドンで生まれたが、両親は結衣が五歳の時に離婚してしまった。音楽教師をしていた母が、離婚後に結衣を連れて移り住んだのがこの家だ。

その後、日本の祖母に介護が必要となり、母とともにイギリスから引き揚げたのは、十年前の話だった。

結衣は日本で高校を卒業し、秋からはロンドンの大学へ留学することになっている。入学まではまだ間があるが、結衣は懐かしさに駆られて、この地方を訪ねてきたのだ。

住んでいたのは五歳から八歳までと、ごく子供の頃だ。それにもかかわらず、結衣はこの家が大好きで、よく夢に見るほどだった。

今では持ち主も違うのだが、それでも庭の雰囲気は当時と少しも変わらない。

庭には開放的な芝生のスペースがあって、結衣はよくそこで独り遊びに興じていた。

近所には、一緒に遊べるような、年齢の近い子供は住んでいなかった。それで結衣は、日がな一日、この庭で過ごすことが多かったのだ。

「どうしよう。この家の人に声をかけてみようかな。でも、十年前に住んでたから、懐かしくてって、それだけじゃ変に思われるかも……」

通りから庭を眺めながら、結衣は独りごちた。

だいたい自分でも、どうしてここをそんなに懐かしく感じるのか、不思議なくらいだ。住んでいたのは三年ぐらい。最初の頃は幼すぎて記憶さえ薄れているのに。

やはり、外からもう少し眺めるだけにして、家の人に声はかけないことにしようか。

結衣はそう思って、ふうとため息をついた。

その時、通りの向こうからやってくる長身の人影に気づく。

すっきりとスーツを着こなした男は、迷いもなくこちらへと近づいてきた。

ゆったりした足取りだけで、男が自信に満ち溢《あふ》れているのがわかる。

結衣は自然とその男に視線を釘付《くぎづ》けにされていた。

近づいてきた男は三十にはまだ少し間がありそうな年齢だ。陽射しを受けてきれいに輝く金色の髪をしていた。田舎町には珍しく、いかにもエリートといった雰囲気を漂わせている。

整った顔立ちがはっきり見て取れるようになって、結衣ははっと息をのんだ。

この人を知っている。

自分はこの人のことをよく知っている。

ふいに浮かんだ考えで、心臓がドキドキと高鳴り始めた。

男のほうも、結衣と視線が合ったと同時に、驚いたような顔になる。

「ユイ?」

「え?」

いきなり呼びかけられて、結衣は目を見開いた。

何故か懐かしさを感じたけれど、こんな立派な風貌《ふうぼう》の男には会ったこともない。

「君はユイ、だろう?」

再度声をかけられて、あやふやだった記憶が徐々に蘇《よみがえ》ってくる。

「……もしかして……ウィリアム？」

呆然《ぼうぜん》と呟《つぶや》くと、男の顔にきれいな微笑が浮かぶ。

「やはり、ユイだ。きれいになっていたので驚いた。私のことをちゃんと覚えていてくれたのか。嬉《うれ》しいよ」

ウィリアムはそう言いながら、すっと手を伸ばして結衣を抱き寄せた。

「ほんとにウィリアム？」

「ああ、そうだ。ずっと君に会いたかった」

「ウィリアム……」

結衣は頬《ほお》を染めて懐かしい人に抱きついた。

すぐにわからなかったのも無理がない。ウィリアムは結衣がまだこの家に住んでいた時に出会った青年だ。

子供の頃に身長差があったのは当然のこと。しかし成長した今でもウィリアムの端整な顔はずいぶん上にある。しっかり抱きしめられると、結衣の細い身体は完全にウィリアムの影に隠れてしまう。

「ここで君を見つけられてよかった」

自分を捜してここまで来たとも受け取れる言葉に、結衣は不審を覚えた。

ウィリアムに会うのは十年ぶりだった。イギリスを離れて以来、連絡を取り合ったこともない。

「ユイ、約束を覚えているか？」

ウィリアムは少し腕の力をゆるめ、結衣の顔を覗《のぞ》き込みながら訊《たず》ねてきた。

「約束？」

まだ再会できたことですら信じられないような状態だ。とっさにはなんのことかわからず、結衣は首を傾げた。

するとウィリアムは悲しげに青い目を細めてため息をつく。

「君はまだ小さかった。だから、忘れてしまったようだね」

「ご、ごめんなさい」

結衣は訳がわからないながらも慌てて謝った。

ウィリアムの表情がやわらかくゆるみ、再び腕に力が入って強く抱きしめられる。

「ユイ、思い出してくれ。十年前、私は君に約束した。君が大きくなったら必ず迎えに来ると。約束どおり私の花嫁になってくれ。そのために君を迎えにきた」

「え……っ！」

唐突な言葉に結衣は息をのんだ。

聞き間違い？

それとも、からかわれただけ？

どちらとも判断がつかないうちに、ウィリアムの手が顎《あご》に触れ、顔を上げさせられる。
青く澄みきった瞳と視線が合ってドキリとなった瞬間、ウィリアムの唇が重なった。
信じられない展開に、結衣は大きく胸を喘《あえ》がせた。
けれどもウィリアムに口づけられて、ようやく過去の記憶が鮮やかに蘇ってきたのだ。

1

「結衣、さあ、これでいいわ」

満足そうな母の声に、結衣はやや不満げに口を尖《とが》らせた。

「なあに、その顔？　せっかくきれいに着付けてあげたのに、そんな顔してちゃ、台なしでしょ？　もっと可愛い顔しなさい」

くすりと笑いぎみに言った母に、結衣はよけいに頬を膨らませた。

「だって、ぼくは男なのに、こんな振袖なんて着るのやだよ」

「大丈夫。結衣はすごく可愛いもの。おしとやかにしていれば、誰も男の子だなんて思わないわよ」

「ひどいよ、ママ」

姿見の中に映っているのは、母が言うとおり、可愛らしい女の子と変わりない姿だった。

日本にいる祖母から送られてきたのは、女の子の振袖だった。

受け取った箱を開けた時は、さすがの母も呆《あき》れていたが、その後は逆に面白がっているのは明らかだ。

祖母は最近物忘れがひどく、結衣と、同い年の従姉妹《いとこ》、唯花《ゆいか》との区別がつかなくなっているのだという。

でも唯花は悲しいことに二年前、家族ともども交通事故に遭って亡くなっている。

母は、娘と孫を同時に失って気落ちしている祖母を気遣うつもりもあるのだろう。祖母から可愛い女の子用の服が送られてくるたびに、結衣に着せて写真を撮っているのだ。

最近では髪も長いほうがいいわねと、伸ばさせられている。

そのお陰で、鏡に映っているのは、本当に女の子と言われてもおかしくない姿だ。

赤地に大きな牡丹《ぼたん》の花をあしらった振袖が目に鮮やかだった。それを着た結衣の華奢な肩に、少し薄めのさらりとした髪がかかっている。イギリス人の父の血を引いているせいか、結衣は肌が抜けるように白く、つぶらな瞳の色も薄かった。

誇張ではなく、まるで可愛らしい人形のような男の子、いや、女の子がそこに映っていた。

写真を撮るわよと言われ、結衣はため息をひとつつき、仕方なく母のあとに従った。

母自身は髪をベリーショートにして、着ているのも糊《のり》の効いたシャツブラウスに細身のパンツというスタイル。八歳の息子がいるようには見えず、颯爽《さっそう》としていた。

女の子の格好をするのはあまり好きじゃないけれど、日本のお祖母《ばあ》ちゃんのためなら、我慢するしかない。

「はい、じゃあね、可愛く笑って、結衣」

デジタルカメラを構えた母の掛け声で、結衣はぎこちなく微笑《ほほえ》んだ。

しかし母は二、三回シャッターを押しただけで、すっと壁時計に目をやる。

「大変だわ。早くしないと遅刻しちゃう」

「そうだよ、ママ。急いで行ったほうがいいよ」

結衣はそう言って母を急《せ》かした。

しかし出かける支度をしに自室へ行こうとしていた母は、途中でくるりと振り返る。

「結衣、ママは仕事に行ってくるけど、振袖は脱いじゃ駄目よ。まだ写真足りないし、あとで動画も撮るから、そのままでいてね」

「えっ、うそ……」

「何回も着付けするの大変だから、いいわね？」

「……」

明らかにがっかりした結衣に、母はにこっと笑いかけて自室へと入っていく。

結衣は再びため息をついた。

確かに振袖は、簡単に着たり脱いだりできるようなものじゃない。

母は近くの音楽教室で、ピアノを教えて生計を立てている。イギリス人で会社勤めをしていた父とは、三年前に離婚していた。

ひとりで頑張っている母に負担をかけるのは、結衣だって気が進まない。だから、仕方ないなと、結衣は振袖のままで一日を過ごすことにしたのだ。

母が出かけてから、結衣は庭に出た。

夏休みが始まっていたけれど、近所に同じ年頃の友だちはいない。通っている学校で気の合う子がひとりいたが、その子の家はかなり離れていて、毎日一緒に遊ぶというわけにはいかなかった。

室内でゲームでもしようかなと思ったが、今日は天気がいいので、外で過ごすほうが気持ちよさそうだ。

母はガーデニングが好きで、暇さえあれば庭の手入れをしている。

ロンドンからこの湖水地方に越してきたのも、音楽教室の講師を引き受ければ、庭付きのこの家が安く借りられるとの条件があったからだ。

敷地を囲む垣根と入り口のアーチには蔓薔薇が巻き付き、小ぶりの花がいい匂《にお》いをさせている。

テラスから続く芝生だけのオープンスペースには、白い鉄製のテーブルと椅子《いす》が置いてあり、そこに座ると、一番庭がきれいに見えるように、色々な草花が配置されていた。

「あっ、ベッティがまたあんなとこで寝てる」

白いテーブルの上でぽかぽかとした陽射しを浴びながら寝そべっているのは、隣家の八歳になる白猫だった。毛足がふわふわと長い猫は雑種だという話だが、とてもきれいなオッドアイをしていた。

自分と同じ年齢だと聞かされたのもあって、結衣はここに越してきた当初から、よく一緒に遊んでいた。

隣に住んでいるのは仕事をリタイアしたばかりのご夫婦だ。三日前から旅行に出かけたので、結衣がベッティの世話を頼まれていた。

隣家は鍵《かぎ》がかかっているが、ベッティはドアの下に作られた専用の出入り口を使っている。それで両方の家を行ったり来たり、自由に動き回っていた。

「ベッティ、おまえ、ほんとに寝てばっかりだな」

結衣が呆れたように話しかけると、ベッティは、失礼ねとでも言いたげに、のっそりと顔を上げた。そして、右が金、左が青という目でじっと見上げてくる。

「ん？　見たことない格好だから、変？　でも、大丈夫だよ。おまえと遊ぶぐらいなら平気だから」

結衣はそう言いながら、椅子の上に置きっぱなしになっていた猫じゃらしを取り上げた。

「テーブルの上に乗っかっちゃ駄目って、ママに言われてるだろ？　さあ、下りて。こっちだよ、こっち」

結衣がささっと猫じゃらしを動かすと、ベッティは待ってましたとばかりにじゃれついてくる。玩具《おもちゃ》は色々あるが、ベッティはこのシンプルな猫じゃらしが一番のお気に入りだった。

テーブルの上から飛び下りるように誘導し、それから自分のまわりをくるくると駆けさせた。途中で飽きた様子を見せるのはあくまでフェイントだ。動きに工夫を加えると、ベッティはすぐに釣られる。しまいには、ハァハァ息が上がったのを見て、結衣はすとんと椅子に腰を下ろした。

「ぼくの勝ちだな、ベッティ。くるくるダンスはしばらく休憩」

結衣は、芝生の上で疲れ切ったように横たわるベッティに、勝利宣言をした。

だが、その時ふいに、強い視線を感じて結衣は振り返った。

蔓薔薇の絡む垣根の向こうに、リュックを背負った背の高い青年が立っていた。

風光明媚《ふうこうめいび》な湖水地方として知られる土地だ。結衣の家の近所には取り立てて見るべきものもなかったが、時折、こうして気儘《きまま》に旅するバックパッカーを見かける。

「君のその衣装、日本の着物？」

「え？」

突然の質問に、結衣は一瞬びくりとなった。

青年の髪は混じり気のないブロンドで、とてもきれいな顔立ちをしている。

にこりともせず、冷ややかな雰囲気だが、澄みきった青い双眸《そうぼう》に、魅《み》せられた。

ロゴ入りのTシャツにデニムの上下。背中にリュック。格好こそ普通の若者と変わりないが、この青年には独特の気品と美しさがある。

なんだか、王子様、みたいだな……。

結衣がそんなふうに思っていると、青年の表情が一変する。

少してれたような笑みを見せられて、結衣はドキリと鼓動を高鳴らせた。

「急に話しかけたりして、悪かった。ぶしつけだったね。もう向こうに行くから心配しなくていいよ」

そう謝って、垣根から離れていこうとした青年に、結衣ははっと我に返った。

「待って！　ちょっとびっくりしただけだから。ほら、これ……今着てるの、日本のお祖母ちゃんに送ってもらった、振袖だよ？」

結衣は慌てて青年を呼び留め、長い袂《たもと》をくるんと両腕に巻き付けてみせた。

鮮やかに揺れた牡丹の紋様に、青年が青い目を細める。

「本当にきれいな模様だね。こんな近くで見たのは初めてだ。日本の着物はひとつひとつが芸術品だ」

感動したように言う青年に、結衣はなんの警戒心も抱《いだ》かずに歩み寄った。

「お兄さんはバックパッカーなの？」

「いや、似たようなものだけど、バックパッカーとはちょっと違うな。ここから数マイル離れたところに、夏の間、家を借りてる。することもないので、毎日、近所を歩きまわっているだけだ」

気軽に言う青年は、大学生ぐらいだろうか。

結衣のような子供を相手でも、丁寧に接してくれる、とても感じのいい人だ。高い鼻筋は貴族的なのに、青年の声は耳に優しく響いた。それに青い瞳でじっと見つめられると、なんだか胸がドキドキしてくる。

「あの、お兄さん、よければうちで休んでいく?」

何気なく引き留めてしまったのは、もう少しこの青年と一緒にいたい。そんな気持ちになったからだ。

「いいのか? おうちの方は?」

訊ねられて、結衣は首を振った。

「ママは今、仕事に行ってる。ママは離婚したから、パパはいない」

あっさり家の事情を明かした結衣に、青年のほうが慌てた様子を見せる。

「駄目だよ。ぼくみたいな知らない男に、自分の家のことを話しちゃ」

「あっ、そうか……そうだったね。個人情報は明かしちゃいけないんだ。でも、お兄さんは悪い大人《おとな》じゃないでしょ? 目を見たらわかるもん。とってもきれいな目をしてるから、絶対にいい人だよ」

結衣は力いっぱい断言した。

何か特別な根拠があったわけじゃない。でも、こんなにきれいで優しい人が、悪者のはずがない。

「ぼくはウィリアム・ケネス・ハミルトン。今年の秋からはオックスフォードの大学生だ」

「ウィリアム？」

鸚鵡《おうむ》返しに訊ねると、ウィリアムがゆっくり頷《うなず》く。

「そうだ。……君は？」

「結衣……ユイ・ヒロセ」

結衣はにっこり笑いながら、名前を教えた。

「ユイ……きれいな響きの名前だ」

「ありがとう……えっと、ウィリアム……もう名前を知った同士だから、よければお茶を一緒にいかがですか？」

大人びた口調で誘うと、ウィリアムはまたきれいな笑みを見せる。

「いいのかな？　ちょうど少し喉《のど》が渇いていたところだ。かまわなければ、ご馳走《ちそう》になりたいけれど」

「うん、大丈夫だよ」

「しかし、お母さんは出かけてると言ってなかったか？」

「うん、ひとりだけど平気。お茶の用意はママがしてってくれた。あとはお湯を沸かすだけだもの。ひとりでもできる。さあ、どうぞ」

結衣は話しながら入り口の鉄柵まで行き、掛け金を外した。

青年は招きに応じて庭へ入ってくる。

「それじゃ遠慮なく」

「そこで待っててね。すぐに準備してくるから」

結衣は芝生のテーブルを指さし、それから急いで屋内へと駆け込んだ。

ベッティが一緒についてきたけれど、まだご飯じゃないよと声をかけてからケトルでお湯を沸かす。

三段重ねの伝統的な銀のトレイには、ラップをかけたサンドイッチと手作りのスコーンが並んでいる。ひとり分にしては量が多めだったので、ウィリアムを招待しても大丈夫だ。

お湯が沸くのを待つ間に、結衣はラップを外し、銀のトレイを庭のテーブルまで運んだ。

「すごいね。手伝おうか？」

「ううん、大丈夫。もうお湯が沸くから待ってて」

結衣はそう声をかけただけで、キッチンへと駆け戻った。

振袖を着たままだから、ちょっと動きにくいが、いつも母を手伝っているので、さほど苦労はない。

キッチンの棚から白地に小鳥の模様が入ったポットを出し、紅茶を入れて沸いたお湯を注ぐ。一緒に温めておいたミルクをピッチャーに注ぎ、ポットとお揃《そろ》いのカップ、それから小皿とカトラリーなどもトレイに載せて、慎重に庭まで運んだ。

「今日はとてもついているようだ。素敵な庭で君みたいに可愛い子に出会って、アフタヌーンティーまでご馳走になるとは……本当にありがとう、ユイ」

丁重に礼を言われ、結衣は急に恥ずかしくなってきた。

ウィリアムは振袖に興味があっただけなのに、お茶にまで誘ってしまって、かえって迷惑だったかもしれない。

母が出かけてひとりだから、お茶の時間も寂《さび》しいものになるところだった。ウィリアムが招待に応じてくれて、嬉しいのは結衣のほうだ。

「そろそろ、時間いいんじゃないか？　ぼくが紅茶を注《つ》いでもいい？」

「うん」

結衣は足をぶらぶらさせながら、こくんと頷いた。

ウィリアムはカップにミルクを入れてから、紅茶を注ぐ。母とは順番が違ったけれど、手つきがとても優雅だったので、結衣は何も言わなかった。

「砂糖は？　入れる？」

「うん、ひとつ」

結衣が答えると、ウィリアムはにっこり笑って角砂糖をひとつ、カップに入れてくれる。

丁寧にスプーンで撹《か》き回してから目の前にカップを置かれ、結衣はまた頬を染めた。

離婚した父とは一ヶ月に一度、会っている。しかし、隣の老夫婦を除き、大人とつき合う

機会はあまりない。

結衣はひとりっ子だったので、ウィリアムを年の離れた兄のようにも感じる。

今日初めて会った人なのに、どうしてこんなに好ましく思うのか、結衣は自分でも不思議だった。

ウィリアムに注いでもらったミルクティーを飲みながら、母が作ったキュウリのサンドイッチにぱくっと齧《かじ》りつく。するとウィリアムがまた青い目を細めて、見つめてくる。

さらに恥ずかしくなった結衣は、ややうつむき加減で、もぐもぐと口を動かした。

「ミャオゥ」

足下《あしもと》に座り込んだベッティが、前肢《まえあし》でちょいちょい催促するので、サンドイッチの端を少し分けてやる。

「ぼくもひと切れいただこう」

ウィリアムもそう言って、優雅にサンドイッチを摘む。

初夏の午後、結衣は本当に気持ちのいい静かな時を過ごした。

けれども、アフタヌーンティーが終わってしまえば、もうウィリアムを引き留める口実がない。

ウィリアムに手伝ってもらいながら、お茶の道具を片付けていた結衣は、急激に寂しさを覚えていた。

このまま二度と会えないなんて、いやだな。しばらくこの地方にいるなら、また寄ってくれないかな……。

そんなことを思っていると、ウィリアムが礼儀正しく礼を言う。

「お茶、ご馳走様。ぼくはそろそろ失礼するよ」

「もう……帰っちゃうの？」

結衣は甘えるようにウィリアムのデニムシャツの裾《すそ》をつかんだ。

ほとんど無意識の仕草だったが、ウィリアムは結衣の気持ちを察したように微笑する。

「君に会いに、また訪ねてきてもいいかな？」

問われたとたん、結衣はぱあっと顔を明るくした。

「うん、ウィリアム。また遊びに来て！　夏休みの間は、ずっと家にいるから」

「どこへも出かけないの？」

「うん、ママは休み中も仕事なんだ。音楽教室は休みがないの。それに、夏休みだけって生徒も来てるから混んでるって。だから、ずっと留守番。お隣のお祖父《じい》ちゃんとお祖母ちゃんに、ベッティの餌《えさ》やりも頼まれてるし……だから、ずっと暇なんだ」

思わず力説すると、ウィリアムは大きな手をぽんと結衣の頭に置く。

「ユイはひとりで寂しいのかな？」

からかうように訊《き》かれ、結衣はぶんぶん首を左右に振った。

「寂しくなんかない」

そう強調したけれど、顔が真っ赤になったことで、嘘《うそ》がばれてしまう。

「大丈夫。寂しいのは君だけじゃない。ぼくも、だよ……だから、君さえよければ、また訪ねてくる」

「うん、きっとだよ」

結衣はごく自然に、ウィリアムにしがみついた。そっと抱きしめ返されると、胸の奥がほっこりと温かくなる。

そのあとウィリアムは何度も振り返りながら、元来た道を戻っていき、結衣は彼の姿が黒い点になるまで、ずっと手を振って見送ったのだ。

†

ウィリアムは翌日も現れた。

結衣はその日もまた別の着物を着て、ベッティと遊んでいたのだが、通りの向こうからサイクリング車に乗ったウィリアムの姿を見つけて、思わず泣きそうになってしまった。

母とふたりの生活を寂しいと実感したことは、今まであまりなかった。なのに、ウィリアムと会えるのがこんなに嬉しいとは、自分でも不思議に思う。

「ウィリアム！」

結衣は力いっぱい手を振って、垣根のドアを開けた。

「こんにちは、ユイ」

「今日も来てくれるなんて思わなかった。嬉しい！」

素直に心情を明かした結衣に、ウィリアムは眩《まぶ》しげに目を細める。

年齢は十歳ほど離れているのに、結衣とウィリアムは生まれた時から一緒だったように、互いになじんでいた。

「ユイ、君も出かけていいなら、自転車の後ろに乗って、湖まで行かないか？」

「うん、行く！」

「あ、でも、その格好だと自転車に乗るのは無理か……」

「大丈夫だよ。こうやって裾をからげるから」

結衣は一緒に行けなくなるのが怖くて、急いで振袖と襦袢《じゅばん》の裾を持ち上げた。そうして帯の間にその裾を挟み込む。

膝《ひざ》から下が剝《む》き出しになって、少し行儀が悪いかなと思ったけれど、動きやすいほうがいいに決まっている。

ウィリアムは一瞬絶句したが、その後は弾《はじ》かれたように笑い出す。

「ユイ、女の子なのに、おしとやかにしてなくて、いいのかい？」

「えっ？」

笑いを収めたウィリアムに何気なく問われ、今度は結衣のほうが言葉を失った。

ウィリアムは自分を女の子だと思っている。

無理もない。昨日も今日も振袖姿だったから、間違われたのだ。

「あ、あのね……ぼくは……」

そう言いかけて、結衣は急に羞恥《しゅうち》を覚えた。

男の子のくせに振袖を着てるなんて、すごく恥ずかしい。いくらお祖母ちゃんのためって言っても、恥ずかしい格好をしていることに変わりはなかった。

それならいっそ、このまま女の子だと思われていたほうがいいかもしれない。

それに、日本語なら『ぼく』と言った時点で気づいてもらえる可能性があるが、英語では自分を示す代名詞は全部同じ使い方をする。

もちろんいつまでも騙《だま》したままでいる気はないけれど、せめて普通に男の子の格好をしている時に、事実を明かしたかった。

結衣は結局言い訳をやめ、にっこり笑うに留《とど》めた。

「それじゃ、行こうか。大丈夫。どんなにお転婆《てんば》さんでも、君はすごく可愛い。ぼくのお嫁さんにしたいくらいだよ」

「ひどい、ウィリアム……」

結衣はからかわれたと思い、ぷうっと頬を膨らませた。

「あはは、ユイはそんな顔をしてても、可愛いよな」

ウィリアムは笑い続けるだけで、少しも取り合ってくれなかった。

ウィリアムの自転車はタイヤの細いサイクリング車だったが、今日は結衣のために荷台を取り付けてきたという。

結衣はその荷台に乗せてもらい、後ろから細い両腕を回し、ぎゅっとウィリアムにしがみついた。

「じゃ、行くぞ。落ちないようにしっかりつかまってて」

「うん」

結衣はテーブルの上で寝そべったベッティに見送られながら出発した。

ウィリアムは結衣を乗せていることなどなんでもないように、快調にサイクリング車を飛ばしていく。

典型的な田舎町だが、住人は皆、庭の手入れに精を出しているので、可愛らしい家並みが続いていた。

少し行くと森があって、中の小径《こみち》を抜けていくと広々した野原に出る。その向こうに小さな湖があった。

ウィリアムは岸辺近くでサイクリング車を停《と》め、結衣を抱き下ろしてくれる。

「ありがとう」

結衣はまた恥ずかしくなって、急いで帯に挟んであった振袖の裾を元に戻した。

衣装に合わせて足袋《たび》をつけ、ぽっくりを履いている。

「それじゃ歩きにくいだろう。向こうにちょうどいい草地がある。そこまでおんぶしてあげよう」

「えっ、そんな。おんぶなんていいよ。恥ずかしいから」

目の前で腰を落としそうになったウィリアムに、結衣は慌てて断った。

するとウィリアムはすぐに立ち上がり、今度は両腕を伸ばしてくる。

「それなら、お姫様抱っこだな」

「え、ええっ」

今度は断る暇もなかった。

いきなり横抱きにされて、結衣は心底焦《あせ》りを覚えた。

ウィリアムは自分を完全に女の子扱いしている。けれど、本当のことを告げられなかったせいで、今さら言い訳もできなかった。

ウィリアムは結衣をお姫様抱っこしたままで、岩場の多い岸辺を力強く進む。

「ほら、ここだ。対岸の景色もきれいだろ？」

ようやく草地に下ろされて、結衣はほっと息をついた。

「さあ、お姫様、着物が汚れるから、ここに腰を下ろして」

ウィリアムは持っていたハンカチを二枚重ねて草地に敷く。

「いいのに……」

「駄目だよ、せっかくの着物なんだから……さあ、座って」

「わかった」

結衣は抗《あらが》えないまま、ウィリアムのハンカチの上にそっと腰を下ろした。

そのウィリアム自身は、結衣の隣に、何も敷かずに座り込む。

ぼくだって普段の格好だったら、同じにしたのに……。

なんとなく恨めしく思いながらも、結衣は端整なウィリアムの横顔に魅入った。

「ほら、対岸を見てごらん。向こうの森がきれいに映ってる。鴨《かも》も泳いでるね。見える？」

すっと真《ま》っ直《す》ぐ指をさされ、結衣は頷いた。

目の前に広がるのは、のどかで美しい景色だ。

湖面に映るのは、青い空とふんわりした白い雲。ウィリアムが言ったとおり、対岸の森の緑との対比はため息が出そうなほど美しい。

「最初は億劫《おっくう》だったが、この土地へ来てよかった。君にも出会えたし」

ウィリアムがため息混じりにそんなことを呟く。

「旅行で来たんじゃないんですか？」

思わずそう訊ねると、ウィリアムは自嘲《じちょう》気味な笑みを浮かべた。

「違うな。ぼくは煩《わずら》わしいものから逃げるために、この土地へ来た」

「逃げる？　大丈夫なの？」

結衣が首を傾げると、ウィリアムは大きな手をふわんと頭にのせる。

「ごめん。君に心配かけるつもりじゃなかった。それに、ぼくはここが好きになった。純真で無垢な君に出会えて、ずいぶん慰められたし」

なんのことかわからなかったけれど、詳しいことを訊ねても、ウィリアムは教えてくれないだろう。それに、ウィリアムはもう子供じゃない。悩みを相談されたとしても、子供の結衣にどうにかできることでもなかった。

「ぼくは、ウィリアムが好きだよ？　昨日会ったばかりだけれど、すごく好きになった。だから、一緒にここへ連れてきてもらって、ほんとに嬉しいんだ」

結衣はウィリアムの顔を見上げ、真剣に訴えた。

悩みがあるらしいウィリアムを少しでも励ましたい。心からそう願ったからだ。

「ありがとう、ユイ。君は本当にいい子だね。君みたいになんの邪心もない純粋な子と、ずっと一緒にいられたらと思うよ」

「うん、ぼくもウィリアムと一緒にいたい」

「それじゃ、大きくなったら、ほんとにぼくの花嫁さんになってくれるかな？」

ウィリアムはふいにいたずらっぽい表情になって、からかうように訊ねてきた。

本気じゃないことぐらいはわかる。

だから結衣もウィリアムに合わせて、こくんと頷いた。

「いいよ。ぼく、大人になったらウィリアムの花嫁さんになってあげる」

「よし、約束だぞ？　必ず迎えに来るからな、ユイ」

「うん、わかった。約束する」

ウィリアムはほんの少し前に見せていた暗い表情を一変させ、極上の笑みを浮かべている。

やっぱり、やり方は間違ってなかったなと、結衣もまたきれいな笑みをウィリアムへと向けた。

†

その日の夜、母が仕事から帰って、広瀬家ではちょっとした問題が起きていた。

夕食のテーブルに向かい合わせでつきながら、母が苦り切った様子を見せる。

「駄目よ。結衣をひとりでこの家に置いていくなんて、駄目に決まってるでしょ？」

「でも、ママ。お隣はまだ旅行から帰ってこないから、ぼくはベッティに餌《えさ》もやらないといけないし」

結衣はローストビーフの肉片をぱくりと口に入れながら、母に抗議した。

問題となっているのは、日本への一時帰国のことだった。

祖母が階段で足を滑らせて捻挫《ねんざ》したため、しばらくの間、介添えが必要になったのだ。

母は三人兄妹だが、双子の妹、唯花のお母さんは、もう亡くなっている。お兄さんのほうは地方へ転勤になったばかりで、忙しくて都合がつかないのだという話だった。

祖母をひとりにしておくわけにはいかない。

それで母は音楽教室の仕事を代わってもらい、急遽《きゅうきょ》帰国することにしたのだ。

子供の結衣も当然一緒だ。

しかし、結衣は正直言って行きたくなかった。お祖母ちゃんのことは心配だが、ベッティの餌やりもちゃんとやり遂げたいし、何よりも、ウィリアムに会えなくなってしまうのがいやだった。

母が帰国していられるのも一週間ほどだ。だから結衣は我が儘なのがわかっていて、家に残りたいと訴えた。

「結衣、あなたはまだ子供なんだから、誰か大人が面倒をみる必要があるの」

「じゃ、近所の人にぼくのこと頼んでいってよ」

「それぐらいなら、ベッティの餌やりを頼んだほうが早いでしょ？」

プレーンなチュニックに細身のパンツという格好の母は、厳しい顔で腕組みをする。

こうなれば、母を説得するのは至難の業《わざ》だ。

それでも、明日、母と一緒に日本へ行ってしまえば、ウィリアムとはもう二度と会えなくなってしまうだろう。そんなのは絶対にいやだから、結衣は最後まで頑張った。

「じゃウィリアム、ぼくのこと、ウィリアムに頼んで」

「ウィリアム？　それ、誰のこと？」

怪訝《けげん》な表情を見せた母に、結衣はしまったと後悔した。

まだウィリアムのことは何も説明していない。

「ええとね、ウィリアムは近所の大学生……え、っと、近所の家に滞在してる、これから大学生になる人、かな？」

あやふやな説明に、母は思いきり渋い顔になった。

「そんな人のこと、ママ知らないわよ？」

「だから、今、話してる」

母は腕を組んだままで、大袈裟《おおげさ》にため息をつく。

この分ではデザートの用意をしに、キッチンへ立つつもりはまったくないようだ。

「で、そのウィリアムって人がなんなの？」

「うん、すごくいい人だから、お願いすれば、毎日ぼくの様子を見にきてくれると思うんだ」

結衣は絶対の確信とともにそう言った。

母は難色を示していたが、結衣の熱意に負けたように、とりあえずウィリアムの都合を訊いてみるというところまでは譲歩してくれた。ウィリアムが滞在している家の電話番号を聞いていたので、結衣はさっそく連絡を取ってみた。

簡単に事情を説明すると、ウィリアムはふたつ返事で引き受けてくれて、夜だというのに、母に挨拶《あいさつ》をしに家まで来るという。

そうして三十分もしないうちに、ウィリアムは恐ろしくきちんとした格好で現れたのだ。スーツにネクタイというスタイルは大人びて見えるが、長身のウィリアムにはとても似合っていた。

玄関まで迎えに出た母は、突然現れた美青年に心底驚いたように目を瞠《みは》った。

「失礼します、マダム。ウィリアム・ケネス・ハミルトンと申します。この秋からオックスフォードへ通うことが決まっている学生です」

ウィリアムは母に向かって完璧《かんぺき》な挨拶をし、身分証明書とともに、自分の身元はここで確認してくれればいいと、三件分の電話番号を書いたメモを渡した。

「……ハミルトン?」

母は小さく呟いて首を傾げる。

「はい、ハミルトンです」

「……あなたはもしかしてハミルトン家に……いえ、なんでもないわ。どうぞ、中へ入ってください。あなたのこと、このうちのどなたかに、一応確認させていただきますから」

母はそう言いながら、ウィリアムを家へと招き入れた。

「よろしくお願いします」

ウィリアムは丁寧に答え、それから、結衣と視線を合わせて、にこっと笑った。

あまり様子が違うので、固まっていた結衣も、それですっかり気が楽になる。

電話から戻ってきた母は、手放しの喜びようだった。

「ミスタ・ハミルトン。お電話したお宅では、あなたのことを礼儀正しく責任感もある立派な青年だと、褒めておられました。私もそう思います」

「大変恐縮です。どうぞ、私のことはウィリアムとお呼びください」

「では、ウィリアム。どうか結衣のこと、よろしくお願いします」

母はそう言ってウィリアムに頭を下げる。

結衣はピョンピョン飛び跳ねたいくらい嬉しくて、すぐさまウィリアムの元に駆け寄った。

さすがにもう振袖は脱いでいたけれど、結衣の格好は相変わらず女の子っぽい。それというのも、足を怪我《けが》している祖母が、大量に女の子用の服を送ってくるからだ。

結衣はおおいに文句を言いたかったが、母はまったく受け付けてくれない。

育ち盛りの息子に頻繁に服を買うのは、馬鹿《ばか》にならない出費だから助かったわと、普段から平気でその服を結衣に着せている。

今も結衣は、襞《ひだ》がたっぷり付いた薄いピンク色のブラウスに、あちこちリボンの飾りがある白のハーフパンツという格好だ。ウィリアムはスーツを着てネクタイまで締めているのに、恥ずかしかった。

それでもウィリアムは優しい言葉をかけてくれる。

「ユイ、これから一週間、君と一緒にいられて嬉しいよ」

にっこり微笑まれただけで、ドキドキと心臓が高鳴った。

†

翌日、ウィリアムは母が出発する一時間前に、再び家へとやってきた。

「こんにちは、ユイ」

「いらっしゃい、ウィリアム」

挨拶もそこそこに、結衣は大好きなウィリアムに勢いよく飛びついた。

だがウィリアムはびくともせずに、結衣の小さな身体を受け止める。

母はてきぱきと家の中のことをウィリアムに教え、それからタクシーを呼んで出かけていった。

今日のウィリアムは薄手のサマーセーターに細身のパンツ、それにカジュアルなジャケットを羽織っている。シンプルだけれどセンスのいい組み合わせで、昨日とは違ってリラックスした姿だ。

結衣が選んだのは、唯一といっていいぐらいの男の子用の服だった。飾り気のないブルーのシャツに紺色の半ズボンという格好なら、ウィリアムも自分が女の子じゃないと気づいてくれるかもしれない。

「今日は何をして遊ぶ？」

おもむろに訊ねられ、結衣は外の様子を見るためテラスのほうへと首を伸ばした。

だが、朝からしとしとと降り続けている雨は一向に上がる気配がない。

「今日は天気が悪いから、外で遊ぶのは無理だね。家の中でゲームでもしようかな。ウィリアムは、ゲーム好き？」

「そう得意ではないが、ゲーム一緒にやろうか」

「うん、やろう、やろう」

一緒にいられるだけで嬉しいと思っていた結衣は、興奮気味にウィリアムの手をつかみ、自分の部屋へと引っ張っていった。

「そうか、ここがお姫様の部屋か」

ウィリアムに言われ、結衣はまた頬を赤くした。

忘れていたけれど、この部屋にも女の子用の人形やアニメキャラの可愛いぬいぐるみなどがあちこちに置いてある。ほとんどがお祖母ちゃんからの贈り物だ。

これではますます自分が男の子だと告白しづらい状況だった。

せめてゲームぐらいは男の子っぽいものをと思い、ドラゴンが出てくる対戦型を選ぶ。

モニターの前にウィリアムと並んで座り、結衣はさっそくゲームを始めた。

ウィリアムは最初とまどっていたようだが、すぐにゲームに慣れて強敵になる。

「ああっ、やられた！」

「ユイ、ぼやぼやしてると、もう一匹もやっつけるぞ」

「駄目！　今度はウィリアムのをやっつけてやる！」

ひとりで遊んでいる時とは違う。

ゲームひとつするのがこんなにも楽しいなんて、今まで知らなかった。

結衣は心の底からウィリアムと一緒に遊べることを嬉しく思っていた。

お茶の時間になると、ウィリアムが手際《てぎわ》よく準備をしてくれる。

結衣はただソファに座って待っているだけでよかった。

ウィリアムが持ってきてくれたシフォンケーキを食べ、少し甘くしたミルクティーを飲む。

「すごく美味《おい》しい」

「それならよかった。今、お世話になっている家で、作ってもらったんだ」

「ウィリアムのおうちはどこ？」

「ぼくはロンドンの郊外に住んでいる」

紅茶を一緒に飲みながら、色々な話をする。

ウィリアムは一週間の間、この家に泊まってくれることになっているけれど、もっと長く、できればずっと一緒に暮らせたらいいのに。

結衣はそんなことまで願うようになっていた。

お茶の時間が終わっても、外はまだ雨だった。

ウィリアムと隣同士でソファに座り、本を読んでいると、隣家からやって来たベッティが、まるでヤキモチでもやくように、膝に飛び乗ってくる。

「ウィリアムはなんの本を読んでるの？」

「ああ、これは建築の歴史を解説した本だよ。ギリシャにある神殿の柱と、ローマにあるものの柱、時代的にどう形が変わっていったかとかね」

「ふーん、難しそうだね」

「ユイは？　なんの本を読んでる？」

「これは、日本の童話。お祖母ちゃんが送ってくれたやつ」

「難しそうだね」

自分と同じように返すウィリアムに、結衣はくすりと笑った。

手にしているのは子供向けの童話だ。でも日本語で書かれている。ウィリアムには読めないんだと思ったら、ちょっとだけおかしくなった。

「日本語、ぼくが教えてあげようか？」

「ユイが先生になってくれるなら、嬉しい」

「うん、大丈夫だよ。だけどちょっと待って。なんだか、眠くなってきちゃったから、あとでね……」

結衣があくび混じりで言うと、ウィリアムが優しく肩を抱き寄せてくれる。

「いいよ、ユイ」

「う、ん……」

睡魔がすぐに襲ってきて、結衣はウィリアムに寄りかかったままで眠り始めた。膝の上ではベッティも丸くなって眠っている。

穏やかな午後のひととき。

結衣にはなんの不安もなかった。

†

一週間は瞬《またた》く間に過ぎ、日本から母が帰ってきた。

「結衣、ただいま。元気にしてた？　ウィリアムも長い間、ありがとう。結衣、我が儘だから、大変だったでしょう？」

「いえ、我が儘なんて、ユイほどいい子はほかにいませんよ」

ウィリアムは母のスーツケースを運ぶのを手伝いながら、結衣の肩を持ってくれる。

結衣はちょっと気恥ずかしかったが、同時に嬉しさで胸をいっぱいにしていた。

祖母の捻挫は軽く、もう歩けるようになったと聞いて、少し後ろめたい気分だった結衣もほっとする。

「結衣、お祖母ちゃんがまた結衣に着せてくれって、着物をくれたわ」

「ええ、またぁ？」

「写真、もっと見たいって言うから、今からちょっと着てくれない？」

母はスーツケースを開ける前からそんなことを言う。

「やだよ。明日でいいでしょ？」

結衣はすかさず断った。

これ以上、ウィリアムに女の子の格好をしたところは見られたくない。

しかし、そのウィリアム自身が横から、結衣とは反対の意見を口にする。

「ユイ、君の着物姿、ぼくもまた見てみたい」

にっこり笑ってそう言われ、結衣は困ってしまった。

「ほらほら、結衣。ウィリアムも見たいって言ってくれてるんだから、急いで着替えて」

「ええー」

結衣は尻込《しりご》みをしたが、ふたりにそう言われては断れなかった。

母は手早くスーツケースを開け、中から紺色の振袖を出す。ウィリアムにはリビングで待ってもらい、結衣は振袖を着せてもらった。

鏡に映っているのは、完璧な女の子の姿。

でも、ウィリアムが見たいならと、結衣はため息をひとつついてリビングに向かった。

「ユイ、ほんとに可愛いね」

「うん……」

そばまで行くと、ウィリアムは満面に笑みを浮かべる。

だから結衣は恥ずかしさを忘れ、甘えるようにウィリアムに抱きついた。

「ユイ、君の着物姿、忘れない。最後にもう一度見せてくれてありがとう」

ウィリアムの言葉にふと違和感を覚え、結衣は顔を上げた。

ウィリアムは結衣の小さな身体を抱き留めたままで、優しげに見下ろしてくる。

「ウィリアム？」

「もう帰らなくてはいけないんだ」

「帰るの？　もうひと晩ぐらい泊まっていってよ。ママもきっといいって言うから」

結衣はなんの不審も覚えずにお願いした。

だが、ウィリアムはゆっくり首を左右に振る。

「ユイ、ぼくはロンドンへ帰るんだ」

「ええっ、う、そ……っ」

いきなりの言葉に驚いて、結衣は目を見開いた。

「残念だけど嘘じゃない。ロンドンでやらなくてはいけないことができた」

ウィリアムは静かに告げる。

知り合いの家ではなく、ほんとにロンドンに帰っちゃう？

近くにいるなら、また会えるだろうけれど、ロンドンは遠すぎる。

結衣はウィリアムの整った顔を見上げ、ぽろぽろと涙をこぼした。

「ユイ、必ずまた君に会いにくるから」

ウィリアムが宥《なだ》めるように髪を撫《な》でる。

結衣はたまらなくなって、ぎゅっとウィリアムにしがみついた。

一緒に過ごしたのはたった一週間だったけれど、ウィリアムはなくてはならない人になった。それなのに、これでお別れだなんて、信じられない。信じたくない。

「あ、会いに……うっく、来て、……くれる……って、えっく……い、いつ……？」

嗚咽《おえつ》を上げながら、責めるように訊ねると、結衣を抱きしめる腕に力が入る。

けれども、ウィリアムの口から漏れたのは、さらに絶望的な言葉だった。

「すぐには無理だと思う。来年の夏か、あるいは再来年か……」

「うそ……そんなに……？」

結衣は気が遠くなりそうだった。

一年後だなんて、遥《はる》かな未来も同然だ。結衣には想像することさえできない。

「ユイ、約束しただろ？　君はぼくの花嫁になってくれるって……だから、いつか必ず迎えにくる」

「ウィリアム……？」

「可愛いユイ……君が大好きだよ」

耳に届いた優しい声。

悲しみで張り裂けてしまいそうだった胸に、僅かな希望が広がる。

けれども、その言葉が最後になった。

その後、結衣がウィリアムと会うことは、二度となかったのだ。

2

長い回想から覚めた結衣は、まじまじと目の前に立つ青年を見つめた。

ウィリアムは昔から背が高かったが、今はそれ以上に迫力を感じる。

十代の頃にあった僅《わず》かばかりの線の細さが消え、成熟した大人の男としての魅力を増したせいだろう。

子供の頃、感動的に美しいと思った青い双眸と輝く金髪だけはそのままだが、ウィリアムは、すぐにはそうと気づけなかったほどの変貌も遂げていた。

そんなウィリアムに、先ほどは口づけられてしまった。

心臓がひどく高鳴って、ウィリアムに聞こえてしまうのではないかと思うほどだ。

「思い出してくれたか？」

おもむろに訊ねられ、結衣は頬を染めながら頷いた。

けれども、いつか花嫁になるなどという約束は、とっくに過ぎ去った思い出のひと駒にすぎない。

ウィリアムにとっても、あれは幼い結衣を宥めるための方便だったはず。たとえ少しは本気だったとしても、自分は男で、ウィリアムの花嫁になれるはずもないのだ。

「あの……約束したことは思い出しました。でも、ぼくは花嫁にはなれません。あの頃はよく振袖を着せられていて、誤解させてしまいましたけど、ぼくはごらんのとおり、男です。騙すつもりはなかったのですが、なかなか本当のことが言えなくて、ごめんなさい。もちろん、花嫁とか……冗談だとは思いますが……」

結衣は微笑みながら、そう説明した。

ウィリアムは動じた素振りもなく、整った貌《かお》にやわらかな笑みをたたえているだけだ。

「君が男だろうと女だろうと関係ない」

「え？」

「私は今でも君を花嫁にしたいと思っている」

あまりのことに、結衣は呆然となった。

「ユイ、この家の持ち主が私たちに気づいたようだ。彼らと話がしたいなら別だが、そうじゃなければ、もう場所を移そう」

「あ、……はい」

結衣はウィリアムに腕を取られ、昔懐かしい家をあとにした。

今の住人と話がしたいわけじゃない。それに、今になって気づいたが、あれほどこの家を懐かしく思ったのは、ウィリアムの存在が大きかったせいだろう。

「よければ乗ってくれ」

ウィリアムは少し先に車を停《と》めており、結衣を誘った。

断る理由もないので、大人しく助手席に収まると、ウィリアムはすぐに車をスタートさせる。スポーツタイプの高級車だ。車にさほど興味がない結衣でも、相当値が張るものだとわかる。ウィリアムは手慣れたハンドルさばきで、可愛らしい家々が連なる一角を離れた。

車を停めたのは近くの湖だった。

「ここ……」

「そう……昔、君にプロポーズした場所だ」

何気なく言われ、結衣は頰を真っ赤に染めた。

思わず目を閉じると、よけい鮮明に色々なことを思い出す。

振袖を着た結衣は、ウィリアムにお姫様抱っこされて岸辺を移動した。

あの日も今日と同じで、爽やかな天気だった。

それに、さっきは唇にキスまでされて……。

もちろん、まだ結衣を女の子だと思っていたからだろうけれど……。

「覚えているようだね、ユイ。さっきも言ったとおり、私は今でも君を花嫁にしたいと望んでいる。だから、考えてくれないだろうか」

冗談とも思えない言葉に、結衣はますます不思議になる。

いくら子供の頃に約束したとはいえ、十年間一度も会ったことがなかった。

それに、自分が男であることを明かしたのに、子供の頃の他愛ない約束を実行しようとする理由がわからなかった。

「どうして……なんですか？」

結衣は単刀直入に訊ねた。

するとウィリアムはふっと口元をゆるめる。

「そうだね。君はもう子供じゃない。理由も明かさずにこんなことを言っても、安易に従ってくれるわけじゃないな」

「ええ、何か理由があるなら話してください」

結衣がそう応じると、ウィリアムは深く息をつく。

そうして結衣を真剣に見つめながら、再び口を開いた。

「実は、君に頼みたいのは代役なんだ」

「代役？」

結衣は訳がわからず首を傾げた。

「君には幼くして亡くなった従姉妹がいる。彼女の名前は、ユイカ・ハミルトン。彼女の母親と君のお母さんは双子の姉妹だった」

「確かにそうですけど……」

「当時の事故の話は聞いているか？」

「いいえ」

話がいったいどういう方向に進むのか、皆目見当がつかない。

「ユイカ・ハミルトンは親子三人で交通事故に遭った。ユイカの両親は即死。ただユイカはその時点では奇跡的に命を繋《つな》いでいた。しかし事故から一ヶ月後、残念ながら意識を快復することなく亡くなってしまったが……」

ウィリアムの話で、結衣は幼い頃に会った従姉妹のことを思い出した。

両親に左右の手を預け、はにかんだように微笑んでいた女の子は、いくつぐらいだったろうか。

当時、結衣の両親はロンドン住まいだった。そして、その後、まもなく唯花親子は南米に移住し、交通事故に巻き込まれた。

だから唯花とは、ほんの二、三度しか会った記憶がない。

「私はハミルトン家の総帥から、行方不明の孫娘を捜してくれと頼まれた。しかし、その孫娘はとっくに亡くなっていた」

「ハミルトン家の孫娘？　それってぼくの従姉妹のことですか？」

「そうだ。彼女の父親はハミルトン侯爵のひとり息子。侯爵は身分違いという理由でふたりの結婚を認めなかった。だが、侯爵のひとり息子は家を捨てて、愛する日本女性と結婚してユイカという娘をもうけたのだ」

初めて聞く話に、結衣は驚きを隠せなかった。

母から聞いていたのは、唯花の父親もイギリス人であるという事実だけだ。なのに、その人が本物の貴族だったとは……。

「でも、ちょっと待ってください。確か、ウィリアムの苗字もハミルトン……」

「ああ、私もハミルトンの一族だからね。今は侯爵の秘書も務めている」

「そうだったんですか……」

あっさり明かされて、結衣はため息混じりにそう口にした。

ウィリアムが貴族の一員ならば、立派に見えるのも当然のこと。子供の頃はそんなことも知らず、甘えたい放題だった。

「それで、本題に戻るが、君にはユイカ・ハミルトンの代役を務めてもらいたいのだ」

「代役？　どういうことですか？　唯花は亡くなっているのに……」

結衣が何気なく呟くと、ウィリアムはほっとひとつ息をつく。

「そのことだ。侯爵はもう高齢で、孫娘に会えるのを唯一の楽しみにしている。息子が交通事故で命を奪われたことはすでにご存じだが、唯一の直系で血の繋がった孫娘まで亡くしたことを知れば、どうなるか……ただでさえ、弱っておられるのに、事実を知ればきっと生きる希望さえなくしてしまうだろう。そこで君に頼みたい。ユイカとして、侯爵に会ってもらえないだろうか？」

ウィリアムは淡々と説明したが、老いた侯爵のことで胸を痛めているのは明らかだ。

今まで存在さえ知らなかった、唯花のお祖父さん……。

両親が早くに離婚したせいで、結衣は父方の祖父母をほとんど知らない。母方の祖父も、結衣が生まれてすぐに亡くなっているので、知っているのは、いつも振袖や女の子の服を送ってくれていた祖母だけだった。

あの頃も、そして母と一緒に日本に帰り、同居するようになってからも、祖母はどれだけ自分を可愛がってくれたことか。

記憶障害が激しく、結衣はずっと唯花と間違われたままだったが、言葉では言い尽くせないほど可愛がられていた事実だけは曲げようがない。

もし、ハミルトン侯爵……唯花の祖父が、自分の祖母と同じような人なら、孫娘の死を知ったらどうなることか……。

「でも、ウィリアム。ぼくは男です。唯花の代役なんて無理です」

結衣は助けてあげたい気持ちでいっぱいだったが、その問題だけは無視するわけにはいかなかった。

だが、ウィリアムはほっとしたように口角を上げる。

「それなら絶対に大丈夫だ。君なら完璧にユイカの代わりを務められる。私が保証しよう」

そう断言されて、結衣は小さくため息をついた。

絶対に大丈夫だと太鼓判を押されても、あまり嬉しくはない。

ウィリアムはひと目でそうとわからなかったほど、変貌を遂げていた。しかし、結衣のほうは、身長こそ伸びたものの、相変わらず「可愛い女の子だね」と言われる回数も多かった。少しも成長していないのだろうかと、がっかりする。

「ユイ、怒ったのか？」

心配そうに顔を覗き込まれ、結衣はゆるく首を振った。

「別に怒ったわけじゃないですよ。ただ、ぼくって子供の頃からあんまり変わってないのかなって、思ったから」

「大丈夫。ユイはずいぶん大人になった」

「ほんと？」

そう言ってもらえると嬉しくなる。

結衣はぱっと表情を明るくした。

「君はとてもきれいになった。だけど、悪い意味じゃない。男だろうと女だろうと、美しいということは武器にもなる。それに、大切なのは内面だ。私が好きになったユイは、純真で可愛らしかった。君は大人になったけれど、今でも純真そのものに見える」

なんだか、気恥ずかしくなるような言葉だった。

それでも、ウィリアムにそう言ってもらえるのは喜ばしいことだ。

「ぼく、お役に立てるなら、唯花の代役、やってみます」

決意を固めた結衣に、ウィリアムはきれいな笑みを見せる。

「ユイ、ありがとう。君のことは私が全面的にサポートする。君は何も心配しなくていい。わかったね？」

やわらかく問われ、結衣は自然と頷いた。

いっそう笑みを深めたウィリアムが、またそっと抱きしめてくる。

広く逞《たくま》しい胸に顔を伏せていると、再会できた嬉しさがじわじわと込み上げてきた。

†

結衣はウィリアムの運転する車で、湖水地方からロンドン郊外まで戻ってきた。

ハミルトン家の屋敷に滞在し、色々と準備を整えてから入院中の侯爵に会ってもらうと言われ、結衣は素直に従った。

秋の入学までは充分に時間がある。結衣は父に会ったら、いったん帰国する気でいたが、日本に帰っても特に用事があるわけじゃない。

母は実家で音楽教室を開き、祖母の介護も続けている。自宅での仕事なので、さほど負担にはならず、むしろ結衣などいないほうが、食事の支度も簡単にすむから、煩わしくなくていい。母にはそう言われているくらいだ。

車での移動中、日本の母に連絡を取ってみると、そういう事情なら、亡くなった唯花のためにも、ぜひ引き受けてあげなさいと、侯爵家へと向かったのだ。

だから結衣は、なんの問題もなく侯爵家へと向かったのだ。


しかし、ロンドンの郊外にある侯爵家の屋敷に到着し、結衣は急に不安になった。

「これが、ハミルトン侯爵家……」

鷲《わし》の紋章がデザインされた豪壮なゲートをくぐると、銀杏の並木を配したアプローチが延々と続く。そして、いきなり眼前に優美な城が現れたのだ。

テレビではよく、貴族の人たちの暮らしぶりを紹介している。イギリスにはもちろん王室もある。それでも、この城の佇《たたず》まいには圧倒された。

建築様式など結衣にはわからないが、五層の城は白い壁全体に優美な飾りが施され、みっつ並んでアーチが切られたファサードは本当に素晴らしかった。

息をのんだままで、しばらく口もきけずにいると、ウィリアムがくすりと笑う。

しかし、美しい城には見とれずにはいられなかった。

「すごい……ところ、ですね」

ため息混じりに呟いて、結衣はふとウィリアムのことを考えた。

「もしかして、ウィリアムもこのお城に住んでいるの？」

何気なく訊ねたのは、昔、初めて会った時に、ウィリアムに王子様みたいだという印象を抱いたことを思い出したからだ。

「ああ、私もこの城に住んでいる」

あっさり返ってきた答えに、結衣は再び嘆息した。

やはり、そうだ。ウィリアムはハミルトンの一族だと言っただけだが、生粋の貴族ということになる。王子様だと思った自分は間違ってはいなかったようだ。

ウィリアムがアプローチに車を横付けすると、すぐに正面の扉が開いて使用人が何人か顔を覗かせる。

そのうちのひとりに助手席のドアを開けられて、結衣は緊張しながら車を降りた。

ウィリアムは使用人を待たずに自分でドアを開けて外へと出てくる。

「部屋の用意はできているか？」

「はっ、ご指示どおりに整えておきました」

ウィリアムが冷ややかともいえる雰囲気で声をかけ、裾の長い黒の制服を着た使用人が、三人揃って丁寧に腰を折る。

「では、行こうか、ユイ」

「……はい」

結衣は最大に緊張していたが、ウィリアムに腕を取られて城の中へと歩を進めた。

グランドホールの素晴らしさにも圧倒される。

高い天井には隙間《すきま》なく、戯れる天使たちの絵が描かれ、その中央から豪華なシャンデリアも吊《つる》されている。

正面には赤い絨毯《じゅうたん》を敷いた階段があった。

ウィリアムに従って、その階段を上ろうとした時、横の部屋からふいに背の高い男が現れる。

「それが例の子か？　どこの馬の骨ともわからぬ者を、よくこの城に連れてきたな、ウィリアム」

いきなりひどい言葉を投げつけられて、結衣ははっと息をのんだ。

当てこすられているのは自分だ。

「ミスタ・ケイフォード……少しは礼儀を弁《わきま》えられてはいかがか？」

ゆっくり視線を巡らせたウィリアムは、まるで氷の塊のように冷ややかな声を出した。

向こうは名前を呼んでいるのに、ウィリアムのほうは完全に他人行儀。結衣でさえ、一瞬すくみかけたほど冷淡な言い様だった。

しかし、ケイフォードと呼ばれた男は平然とこちらへ近づいてくる。

年齢はウィリアムとそう変わらない。茶色の髪に鳶色《とびいろ》の目をしたハンサムな男だ。身につけているスーツも一流のものだろう。しかし、身長も顔立ちも、醸し出す雰囲気も、すべてがウィリアムより僅かに劣っているように思う。

「飼い犬のおまえに礼儀をとやかく言われる覚えはないな。ふん、スコットの子供は女だという噂《うわさ》だったが、その子はまるで男の子みたいじゃないか」

嘲《あざけ》るように言われ、結衣はぎくりとなった。

唯花の身代わりとして、ハミルトン侯爵に会うだけだと思っていたのに、ずいぶん憎まれている感じだ。

だが、ウィリアムがすかさず階段を下りてきて、結衣を守るように、ケイフォードとの間に立つ。

「ユイを侮辱するような言動は控えてもらいたい。それに、この一件、君には関わりのないこと。すべてを裁定されるのは侯爵です」

「ふん、侯爵、侯爵……おまえはいつもそれだ。まあ、いい。悪あがきをするのも今のうちだ。せいぜい、奮闘すればいい。ゆっくり見物させてもらうさ」

ケイフォードはそう言って、いかにも馬鹿にしたように両肩をすくめる。

しかし、ウィリアムが何も言わずににらみつけていると、それきりで結衣には興味をなくしたように背を向けた。

「ユイ、大丈夫か？　顔が青い。悪かったね、いきなりひどいことを聞かせてしまって……私の配慮が足りなかった。許してくれ」

ウィリアムは結衣の両肩に手を置き、心配そうに顔を覗き込んでくる。

結衣はほっと息をつきながら、首を左右に振った。

「ううん、ウィリアムはちっとも悪くない。ぼくは大丈夫だから……」

「とにかく、部屋へ行こう。話はそれからだ」

「はい」

思わぬ敵意を向けられて怯《ひる》みそうになったけれど、ウィリアムがそばにいてくれるなら不安はない。

結衣はウィリアムの案内で、再び階段を上った。

城の中は静かで、ほとんど物音がしない。

廊下や壁、そこに並べられている美術品も素晴らしいものばかりだった。

おそらく大勢の人の手で、ひとつひとつが丁寧に磨き立てられているのだろう。すべてが埃《ほこり》ひとつなく、きちんと管理されている雰囲気だった。

「さあ、ここがユイのために用意させた部屋だ」

ウィリアムがそう言って、重そうな扉を開く。

部屋の様子が見えたとたん、結衣はまた息をのんだ。

白と淡いピンクを基調にした部屋は広々として、とてもロマンチックな雰囲気だ。グランドホールや廊下が重厚だったのとは対照的で、まるで夢見る女の子のために用意された部屋のようだった。

白い大理石のテーブルに、ローズピンクの天鵞絨《ビロード》を張った椅子。そして部屋中いたるところに飾られたピンクの薔薇。

唯花がもし生きていたとしたら、侯爵家のお姫様としてこの部屋に住んでいたのだろう。記憶に残るあどけない顔を思い出し、結衣はなんだか申し訳ないような気分になった。たとえ短期間にせよ、侯爵家とはなんの関係もない自分がこの部屋を使うことに罪悪感を覚えてしまう。

「明るい部屋のほうがいいだろうと思い、ここを用意させた。バルコニーから直接庭に下りられるようになっている。寝室は右隣。その向こうに衣装部屋と浴室がある」

「えっ」

ウィリアムの言葉に、結衣は小さく声を上げた。

言われてみれば、目につくところにベッドはない。独立したベッドルームまであると知って、結衣はため息をつきそうになった。

この部屋だけでも、子供の頃に住んでいた家全部に匹敵するほどだ。

「こんな贅沢《ぜいたく》な部屋……ほんとにいいんですか?」

「君は侯爵の直系の孫になる。当然のことだ」

「でも……さっきの人は、なんだかぼくを憎んでいるような感じだったし……」

沈んだ声を出すと、すぐにウィリアムがそばまで来る。そして、結衣を宥めるようにふんわりと抱き寄せた。

「ユイ、私がついている。君は何も心配しなくていい。チャールズ・バーノン・ケイフォードは侯爵の後継者候補のひとりだ。君が現れたことで、自分の立場が弱くなるかもしれないと恐れているだけだ」

「ぼくは、偽物なのに？」

ウィリアムの胸に抱かれただけで不安は去っていたが、それでも疑問は残っている。

「そのことだが、ユイ……面倒を避けるため、君にもうひとつやってもらいたいことがある」

「なんですか？」

結衣は何気なく訊き返した。

ウィリアムは結衣のウエストに手を当てたまま、上からじっと見つめてくる。

「君は私の花嫁だ。皆には、私の婚約者として紹介しようと思っている」

「ええっ？」

驚いたと同時に、胸の奥がかっと熱くなった。

ウィリアムの花嫁になる。

それは子供の頃から何度も聞いた言葉だ。しかし、今ほど現実味を持ったことは一度もなかった。

「どうしたユイ？　怖くなったのか？　それとも、私の婚約者と呼ばれるのはいやか？」

「違う……そんなことない……」

結衣はゆるく首を振った。

ウィリアムの花嫁、あるいは婚約者と呼ばれることがいやなわけじゃない。

ただ、自分は唯花の身代わりを務めるだけなのに、いいのだろうかと思うだけだ。

それと、いくら知らない人たちとはいえ、騙すような真似《まね》をしていいのかと、罪悪感も覚える。

「ユイ、これもすべては侯爵のためだ。引き受けてくれないか？」

「……そう、ですね……これは唯花のお祖父さんのため……」

結衣はそう呟きつつも、胸の奥にかすかな痛みを感じた。

幼くして、突然の事故で命を奪われた従姉妹……その従姉妹に会えることだけを楽しみにしている老いた侯爵……。

ウィリアムは侯爵を安心させたい一心で、今回の身代わりを計画した。

それなら、自分にできる返事はひとつだけだ。

「ウィリアム……ぼく、やります。あなたの婚約者でいることが必要なら、かまいません。大丈夫ですから」

「そうか、引き受けてくれるか。ありがとう、ユイ」

ウィリアムは嬉しげに言って、再び結衣を引き寄せる。

頬にチュッと口づけられ、そのあと唇にも軽くキスされた。

「……っ」

かっと頬を熱くすると、ウィリアムはすぐに唇を離し、やわらかく微笑む。

「婚約者なら、キスには慣れておかないと」

「そんな……っ」

さらに顔を赤くすると、再び唇を奪われた。

今度は顎に指を二本当てられて上を向かされ、本格的に口づけられる。

「んんっ……んっ」

ウィリアムの舌がするりと中まで滑り込み、縦横に動き始めた。

舌が触れただけで、結衣はびくりとなったが、ウィリアムはその舌をいやらしく絡めてくる。

こんなキスは誰ともしたことがない。まったく初めての経験に、結衣はどうしていいかわからなかった。

ウィリアムは歯列の裏まで舌先で舐め回し、結衣の舌も捕らえてしっとりと吸い上げる。

互いの唾液《だえき》が混じり合うと、何故だかこのキスを甘く感じた。

それにウィリアムの舌が動くたびに、身体の芯《しん》まで熱くなってくる。

腰から下の力も抜けて、結衣はぐったりとウィリアムに縋《すが》りついてしまった。

「……ん、ふっ……ぅぅ」

唇を離された時は、もうまともに立っていることさえできない状態だった。

ウィリアムにしがみつきながら、荒くなった息を整えていると、宥めるように頬を撫でられた。

「これが最初のレッスンだ」

ウィリアムは結衣の耳に口を寄せ、掠《かす》れた声で囁《ささや》く。

熱い息とともに、低音の魅力的な声が鼓膜に達し、ぞくりとなる。それと同時に、身体の芯まで甘く痺《しび》れたようで、結衣はさらに小刻みに身を震わせた。

「……レッスン……?」

「ああ、そうだ。君は私の婚約者。キスぐらいするのが当然だろう」

なんでもないことのように言われ、結衣は抗議するどころか泣きそうになってしまった。

そう、これはただのレッスンだ。なのに、キスされただけで身体が熱くなった。

まるで本気で恋人に口づけられたかのように、身体の芯が燃えさかってしまったのだ。

「は、離して……っ」

結衣はウィリアムの腕から抜け出そうと、懸命に身をよじった。

一刻も早く離れないと、恐ろしいことになりそうだ。

しかし、ウィリアムは手を離すどころか、さらに結衣の腰を引き寄せる。

「あぁっ」

下肢《かし》がぴったり合わさって、結衣は焦った声を上げた。

顔もさらに真っ赤になる。

「ユイ……顔が赤い。キスが気持ちよかったんだね」

「やあっ！」

そろりと思わせぶりに腰骨を撫でられて、結衣は悲鳴を上げた。

キスだけで、下肢まで熱くした。

それがウィリアムにばれてしまったのだ。

恥ずかしさでいたたまれず、必死に大きな身体を押しのけようとしたが、ウィリアムはびくともしない。

それどころかウィリアムは、前にまで手を回してくる。

「可愛いな。キスで感じてしまったのか……大丈夫。責任は取ってあげよう」

ウィリアムはそう言ったと同時に、結衣の身体を横抱きにした。

「え、ああっ」

声を上げた時には、もう近くのカウチまで運ばれる。

ウィリアムは結衣を抱いたままで、そのカウチに腰を下ろした。結衣の身体は自然とウィリアムの膝の上という結果になる。

「は、離してっ」

「駄目だよ、ユイ。ちゃんとしないと」

「やっ……んん、っ」

ウィリアムは結衣を黙らせるように口を塞《ふさ》いだ。

抱かれた格好のままでは、どこにも逃げようがなかった。ウィリアムの舌が挿し込まれ、宥めるように口中を探られる。

そうなってしまえば、もう抵抗するどころではない。結衣は自分を抱くウィリアムの腕をつかむのが精一杯で、それもキスが深くなるとともに、指先から力が抜けていく。

「ん、ふ……くっ……んんっ」

ファーストキスの相手はウィリアム。

こんなふうに淫《みだ》らな口づけを教えられたのも初めてだ。

ウィリアムの舌が歯列を探り、舌の付け根まで刺激される。

あまりにも淫らなキスに、口の端から唾液がこぼれた。それでもまだ離してもらえず、息が苦しくなった結衣は大きく胸を喘がせた。

「んん……んぅ、……っ、ふ……くぅ」

ウィリアムは濃厚なキスを続けながら、結衣の下肢にも手を伸ばしてくる。

スラックスの上から、膨らんだ箇所を掌《てのひら》で覆われて、結衣はびくんと大きく腰を震わせた。

「んっ、ふ……くっ」

触れられただけじゃない。やわやわとそこを揉《も》みしだかれる。

スラックスの上からだったが、いやらしい動きに結衣の中心はますます熱くなった。

ウィリアムにキスされただけで興奮しただなんて、恥ずかしくてたまらない。なのに、ウィリアムに横抱きされているせいで、逃げ出すことも叶《かな》わなかった。

それどころかウィリアムは片手で器用にベルトをゆるめ、中にまで手を潜り込ませてくる。

「んぅっ」

恥ずかしく勃《た》ち上がってしまった中心にウィリアムの指が触れ、結衣はびくっと腰を震わせた。

「ユイ、可愛いね。キスだけでここをこんなに大きくして」

「やっ、駄目……っ」

「大丈夫。このままだとつらいだろ？　私がちゃんとしてあげよう」

「やっ」

結衣は必死に首を振った。

けれども、ウィリアムは本格的にそこを握り込んでくる。

やわやわと揉みしだかれて、結衣はもうどうしようもなく、ウィリアムの胸に縋るだけだった。

「ああっ」

思わせぶりに指を上下されると、ますますそこが熱くなる。先端にじわりと蜜《みつ》が溜《た》まった感触があって、結衣はもう生きた心地もしなかった。

ウィリアムは同じ男なのに、触られて気持ちいいなんて信じられない。

なのにウィリアムは首筋にまで口づけてくる。

「ユイ」

耳の下の敏感な場所をぺろりと舐《な》められると、背筋がぞくりとなる。それと同時に、とうとう先端からじわりと蜜が溢れ出した。

このままでは本当に、ウィリアムの手で達《い》かされてしまう。

そんな恥ずかしいことだけは絶対にできない。

「いやだ、もう……っ」

ユイは泣き声を上げながら、腰を揺らした。

「ユイ、我慢しなくていいから」

「やっ、ウィリアムの手……汚してしまう」

「いいんだ」

ウィリアムは優しく言いながら、蜜が滲《にじ》んだ先端を指でくすぐる。

「ううっ……う、くっ」

結衣は必死にしがみつきながら、襲ってきた射精感を堪《こら》えた。

「可愛いな、ユイ……我慢してるんだね。それなら、これで、どうだ？」

ウィリアムは含み笑うように言いながら、手で包み込んだものを根元からたっぷり擦《こす》り上げてくる。

そんなことをされてはたまらなかった。

生まれて初めて他人に触られた。それだけじゃなく、ウィリアムは同じ男で、しかも結衣よりずっと経験が豊富だ。

するりと敏感な部分をなぞられたり、先端の窪《くぼ》みを爪《つめ》で押されたり、想像もつかない動きに惑わされ、結衣はすぐに限界を迎えた。

「やっ、や、あぁ……っ」

我慢するすべもなく、結衣はぴくぴくと身体を震わせながら上り詰めた。

解放に伴う快感は圧倒的だった。

止めようもなく、すべてをウィリアムの手に吐き出してしまう。

いけないことをしたとの罪悪感で、涙がとめどなく溢れてくる。もうウィリアムの顔さえ見ることができず、結衣はずっとしがみついたままだった。

「ユイ、大丈夫だから」

ウィリアムは宥めるように言いながら、ポケットから出したハンカチで汚れた場所と手を拭《ぬぐ》っている。

スラックスを元どおりに直されるにいたって、さらに羞恥《しゅうち》が噴き上げてきた。

「ご、ごめんなさい」

今さらのように謝りながら、慌てて身を退こうとすると、ウィリアムに再び抱きしめられる。

「ユイ、いきなりだったから驚いたんだね。私が悪かった」

「ウィリアム……」

「でも、君は私の婚約者。だから、これからもキスをする。今みたいなことになっても、私がちゃんと始末してあげるから、君は何も心配しなくていい。悪いのは私なんだから、君が負担に思うことはない。いいね？」

気遣うように言われ、結衣はようやく高ぶっていた気持ちを落ち着けた。

これぐらいで泣いてしまうとは、子供みたいでよけいに恥ずかしい。

そもそもウィリアムは、結衣の立場を守るために婚約者として皆に紹介すると言ったのだ。

婚約しているふたりなら、キスするのは当たり前。

だとしたら、これからはなるべく気をつけるようにすればいい。

キスされて、いちいちこんなことになっていたら、ウィリアムのほうも大変になるだけだ。

だからウィリアムに口づけられても、ちゃんと婚約者の振りをするための芝居だと思っていればいいのだ。

「ごめん、ウィリアム……これからは、迷惑かけないように気をつける」

結衣はちゃんと顔を上げて、ウィリアムの問いに応《こた》えた。
するとウィリアムは、何故か小さくため息をつく。
でも、すぐに優しい笑みが広がって、結衣はほっと安堵《あんど》した。

3

「皆にご紹介しましょう。彼女がスコット・ジョシュア・ハミルトンの忘れ形見、ミス・ユイカ・ハミルトンです」

ウィリアムに腕を取られた結衣は、緊張しながらハミルトン一族の前に立った。

ディナージャケットをすっきりと着こなしたウィリアムは、まさしく貴族の一員といった雰囲気だ。結衣自身は、ウィリアムが日本から取り寄せておいたという、色鮮やかな振袖を着せられていた。

子供の頃ならともかく、まさか大人になってまで振袖を着る羽目になるとは思わなかった。しかし、これも唯花の代役を果たすためだと説得されて、渋々承諾したのだ。

着物のほうが体型を隠しやすいよと言われたのが一番の決め手だった。

ウィリアムはちゃんと着物の着付けができるスタイリストも頼んでおり、複雑に帯を結ぶことにも問題はなかった。

「唯花です。よろしくお願いします」

結衣は小さな声で挨拶し、日本風にきちんと前で両手を揃えてお辞儀をした。

声は最初からわりと高めだったし、喉仏だってほとんど出ていないので、なんとか性別をごまかせるだろう。

それに何かあれば、絶対にウィリアムが助け船を出してくれるはずだ。

クリスタルのシャンデリアが輝くダイニングに集まったのは、二十人近いハミルトン一族の人々だった。男性も女性も皆、正装に身を固めている。

最初に会ったチャールズ・バーノン・ケイフォードも、皮肉っぽい表情でこちらを見ていた。

天井が高く広々としたダイニングの中央には、上品な薄いピンクのクロスがかけられた長いテーブルが据えられている。そのテーブルを挟み、向かい合わせに並べられた椅子はローズピンクの天鵞絨張り。そしてテーブルにはすでにぴかぴかに磨き上げた銀器がセッティングされていた。

ウィリアムのエスコートで結衣は席についたが、緊張が高まってどうしようもない。

フルコースのディナーなど初めてで、恥ずかしい失敗をしてしまいそうだ。

「ユイ、大丈夫だから、そう緊張しないで」

ウィリアムがさりげなく声をかけてくれるが、席についた人たちの視線が痛いほど集中している。緊張するなというほうが無理だと思う。

皆が着席すると、すぐに使用人が飲み物を運んでくる。

勧められたシャンパンは断って、結衣はミネラルウォーターを頼んだ。

使用人が各自の好みに合わせて飲み物を注ぎ終えると、前菜の皿が運ばれてくる。

テーブルに並べられたカトラリーは何本あるかわからない。外側から使用するぐらいしか心得のない結衣は、ため息をつきそうだった。

幸か不幸か、振袖の帯で締めつけられているのでお腹が空いたという自覚もなかった。

ウィリアムが手配してくれたスタイリストは手際がよかったが、やはり母の着付けとは違う。

しかし、よけいなことに気をまわしていられたのは、ほんの短い時間だった。

「ユイカ・ハミルトン……君は何歳だ？」

名指しで訊ねてきたのは、向かい側の席に座ったチャールズ・ケイフォードだった。

「じゅ、十八……です」

「ふん、ではまだ未成年ということか。おまえの母親は？」

「母は……母は父と一緒に亡くなりました」

結衣は辛うじてそう答えた。

いきなり年齢や母親のことを訊かれたのは、なんらかの疑いを持っているせいだろうか。

ぞんざいな口調からしても、チャールズが唯花の存在自体をよく思っていないのは明らかだった。

「ミスタ・チャールズ・ケイフォード、ユイカを傷つけるような質問は控えてもらおうか」

ウィリアムが横から庇《かば》うように口を出してくれて、結衣はほっと安堵の息をついた。

「傷つける？　歳を聞いたぐらいで、いちいち目くじらを立てるなよ」

「ユイカは両親を交通事故で亡くしている。彼女にとっては思い出したくない過去だ。何か質問があるなら、私をとおしてもらいたい」

ウィリアムがそう言い切ると、チャールズはすっと目を細める。

「おまえをとおせだと？　いったいなんの権利があって、そんなことを言うのやら」

皮肉たっぷりな言い方に、他の客たちも顔を見合わせている。

和《なご》やかであるはずのディナーの席にはぎこちなく刺々《とげとげ》しい空気が漂っているばかりだ。

これからどうなるのだろうと、結衣はさらに不安を煽《あお》られた。

だがウィリアムは、チャールズの脅しなど歯牙《しが》にもかけないかのように、冷ややかに告げる。

「私はユイカ・ハミルトンの後見人だ。彼女が二十一歳になるまでは、私が責任を持つことになっている。それともうひとつ、ユイカは私の婚約者でもある。口を出す権利は充分にあると思うが……」

「なん、だと……」

唐突な宣言に、チャールズは呻《うめ》くような声を上げた。

他の客たちも息をのんでいたが、しばらくしていっせいに騒ぎ始める。

「どういうことだね、ウィリアム？　説明してくれ」

「君はユイカをだしにして、次期侯爵の座につくつもりか？」

「傍流の君になど、ハミルトンの侯爵位を継ぐ資格があると思っているのか？」

批難はウィリアムに集中していた。

結衣は今になって、ハミルトン家が何か大きな問題をかかえていることに気づかされた。

詳しい説明は受けていないが、後継者争いが起きているということだろうか？

そしてウィリアムも後継者候補のひとり？

「皆さん、お静かに。ディナーの席で大騒ぎをなさるのはみっともないですよ。ハミルトンの家名を大切になさるなら、マナーを守っていただきたい。私に何かおっしゃることがあるなら、ディナーのあとでお伺いします」

ウィリアムは皆の批難など歯牙にもかけないように、冷たく言い切る。

そばで聞いていた結衣まで凍りつきそうになったほど冷酷な声だ。

我知らず震えると、ウィリアムがすぐにそれを察し、宥めるように肩を押さえてくる。

結衣は深く息をついて気持ちを落ち着かせた。

何が起きようと、ウィリアムを信じているしかない。

自分はもう唯花の身代わりとしての一歩を踏み出してしまった。だから、ウィリアムの指示どおりにするしかないのだ。

ともかく、ウィリアムが発したひと言で、ディナーの席はまた静かになる。

それ以降、あえて口を挟む者はなく、どこかぎくしゃくとしたままでディナーのコースが進んでいった。

「ユイ、君はもう部屋に戻ったほうがいい」

食事が終わって席を立つ時、ウィリアムが声をかけてくる。

皆の視線はまだ結衣とウィリアムに集まっていた。このあと色々質問を受けるのは目に見えている。

「ウィリアムはどうするの？　ぼく、一緒にいたほうがいいんじゃないの？」

「そうだな……しかし、ひどい言われ方をするかもしれない。私は君を傷つけたくないのだ」

「そんなの平気。だってウィリアムはずっとそばにいてくれるんでしょ？」

結衣が言うと、ウィリアムは力強く頷く。

「ああ、私が君を守る」

「だったら、ぼくも一緒に話を聞く。だって、みんなが心配しているのはぼくのことなんでしょ？」

ウィリアムはふっと口元をゆるめ、結衣の頭にふわんと手を置く。

いつもどおり子供を宥めるようなやり方だ。

「今はゆっくり事情を説明している暇がない。もし驚くようなことを聞いたとしても、平気でいられるか？」

「驚くようなこと？」

「ああ、私は一族の中ではかなりの悪者になっているからね。今回のことも、侯爵の跡を継ぎたいがために、茶番を仕組んだと思われている」

ため息混じりの声を出すウィリアムを、結衣はじっと見上げた。

「でも、違うんだよね？」

「ああ、そうだな。爵位など私にはどうでもいいことだ。君に手伝ってもらうことにしたのも、入院中の侯爵のためだ。侯爵は私の大叔父に当たる。それに家族を早くに亡くした私にとっては恩人だ」

「じゃあ、ぼくも頑張ってウィリアムの味方をするよ。何を訊かれても、全部ウィリアムにお任せしてます。ウィリアムは婚約者……というか、後見人？」

「その両方だ」

「何かあれば、全部ウィリアムに訊いてください。そう答えておけばいいんだね？」

念を押すように訊ねると、ウィリアムがさっそく肩に手を置く。

そのままそっと引き寄せられて、結衣は唇に軽くキスを貰《もら》った。

「んっ」

ウィリアムはすぐに唇を離したが、条件反射のように頬が熱くなる。

それに、ダイニングにはまだ人がいて、見られてしまったはずだ。

もっともウィリアムはそれを承知で、ただ他の親族に見せつけるためだけに口づけてきたのだろうけど。

「さあ、では行こうか」

「はい」

ウィリアムの手がごく自然に腰へとまわされ、結衣は完璧《かんぺき》なエスコートに身を任せた。

ダイニングから静かな廊下を進み、スモーキングルームと名付けられた談話室へ入る。

昔の紳士は食事のあと、ここで喫煙を嗜《たしな》みつつカードなどのゲームに興じていたとのこと。

広々したサロンのような造りの部屋には、カード用のテーブルや色々な種類の酒を揃えたカウンターもあった。

ウィリアムは部屋の中央にあるソファセットまで結衣を案内し、並んで腰を下ろす。

タイミングを見計らったようにやって来たのはチャールズだった。

他にも年配の男性が何人か集まってくる。

「さて、説明を聞かせてもらおうか」

向かい側に座ったチャールズが、手にしたリキュールグラスを持ち上げる。

馬鹿にしたような態度に、結衣は反撥《はんぱつ》を覚えた。

「ユイカはスコットの忘れ形見だ。スコットと母親を事故で亡くしたあと、日本に引き取られて、これまで過ごしてきた。私は侯爵の命を受けてユイカを捜しにいき、そこで彼女と恋に落ちた。私は侯爵の許しを得て彼女にプロポーズした。ユイカは快く私を受け入れてくれ、婚約は正式のものとなった。侯爵から彼女が二十一歳になるまで後見人を務めろと命じられて、引き受けた。よって、彼女に関して何か質問があるなら、すべて私をとおしてもらいたい」

ウィリアムが極めてなめらかに、かつ淡々と説明すると、チャールズは苦り切った顔になる。結衣も驚いたほど完璧なシナリオだった。

「彼女が本物のユイカ・ハミルトンであるとの証拠は？　親を亡くして何年も経《た》つのに、何故今頃になって英国に現れた？」

鋭い切り込みにもウィリアムは動じなかった。

それどころか結衣の動揺まで気遣うように、しっかりと手を握っていてくれる。ぶしつけな問いには答える必要がない。ウィリアムが助けてくれるはずだから。

結衣はただ真っ直ぐにチャールズを見つめていただけだ。

「もちろん証拠はある。スコット・ジョシュア・ハミルトンは勘当されていた。交通事故で亡くなった時も、すぐに知らせはこなかった。両親を亡くしたユイカを引き取ったのは、母方の実家だ。今回は侯爵のたっての望みで、私が直接彼女を捜しにいったまでだ。さあ、これで質問には答えたが？」

「で、証拠は？　DNA鑑定ぐらいはしたんだろうな？」

勝ち誇ったように言うチャールズに、結衣はドキリとなった。そんなものを調べられたらいっぺんに身代わりがばれてしまう。

しかしウィリアムは僅かな動揺も見せずに言い切った。

「もちろん証拠はある。だが、それを君に呈示《ていじ》する必要性は認めない」

恐ろしく冷ややかで尊大な言い方だ。

「なん……だと？」

完全に見下されたチャールズは、顔色を変えてソファから立ち上がる。

今にもつかみかかってくるのではないかと結衣ははらはらしたが、ウィリアムは平然とかまえているだけだ。

「言い方が気に障ったなら謝ろう。とにかくすべてを決めるのは侯爵だ。侯爵が彼女を自分の孫と認めるかどうか……。それがすべてだ。もちろん偽物だという根拠もないだろうが……」

年配の老紳士がソファに腰をおろし、やんわり声をかけてくる。

「ウィリアム、しかしだね。その子が本当に直系の孫娘なら、君と婚約したというのはまずいんじゃないかね」

「まずい、とはどういう意味でしょうか？　私はユイカを愛しているからプロポーズしたまでです。彼女が直系の孫であるかどうかは問題ではありません」

「しかしだね。そうは言っても、ヘンリーはまだ爵位を誰に譲るか決めておらん。そんな状態で、おまえがその子と婚約したのは、裏に何か意図があってのことと、誰もが思うじゃろ」

老紳士はそう言いながら、盛んにステッキの柄を撫でている。

他の者は難しい顔で頷くが、あえて口は挟んでこなかった。

「叔父上、今のお言葉……ユイカをハミルトン家の正当な血筋とお認めになってのことと解釈してよろしいですね？」

ウィリアムはシニカルな微笑を浮かべて言う。

揚げ足を取られた形になった老紳士はむっつりと黙り込んだ。

結衣はウィリアムの強《したた》かさに舌を巻くような思いだった。

証拠を出せと言われて動揺など見せれば、よけい疑われるところだった。けれども、これだけ堂々と嘘を連ねれば、かえって誰も怪しまないらしい。

ウィリアムはそれも充分計算のうえで、こうなるように仕向けたのではないだろうか。

チャールズにしても、叔父上と呼ばれた男にしても、すっかりウィリアムのペースに巻き込まれている。

「他に何かおっしゃりたい方は？　何度も言いますが、ユイカのことは私が責任を持っております。ですから、遠慮なくお訊ねください」

ウィリアムはじろりと一同を見渡して、駄目押しのように問いかけた。

誰もが無言となったなかで、チャールズが再び口を開く。

「ウィリアム、大伯父上の信頼をいいことに、一族の者をすべて従える気になっているようだが、なんでも望みどおりになると思ったら大間違いだ。おまえより、私を支持する人たちも多い。おまえの腹黒さには皆、辟易《へきえき》しているんだ」

「そうですか。私は別にかまいません。後継者のことは侯爵がよいようになさるでしょう。あなたも侯爵の信頼を回復したいなら、もう少し病院へ見舞いにいかれるといいのでは？」

チャールズの言葉は負け惜しみ。勝算はすべてこちらにある。そう言わんばかりに、ウィリアムは余裕の笑みを崩《くず》さなかった。

部屋に集っていた者たちは、処置なしといったふうにぞろぞろと帰り始める。

「馬鹿馬鹿しい。由緒あるハミルトン家に、東洋人の血が混じるとは……」

「まったく……そもそもスコットを廃嫡した時に、きちんと跡継ぎを決めておけば、こんなことにはならなかった」

「ハミルトン家もこれで終わりだな」

ウィリアムに押し切られた形になった親族は、そんな嘆きを口にしながら部屋から引き揚げていく。

ウィリアムは最後まで何も言わずに、彼らを見送っていた。

「ユイ、いやな思いをさせてしまって、すまなかった」

ふたりきりになって、ウィリアムが心配そうに声をかけてくる。

結衣はゆっくり首を左右に振った。

「ぼくなら平気だよ、ウィリアム。でも一族の人たちは、唯花を認めるかどうかより、ハミルトンの後継者が誰になるかのほうを気にしているみたいだね。あと、唯花が日本人の血を引いているのも気に入らない。そういうことなんでしょう?」

結衣がそう確認すると、ウィリアムは難しい顔で頷く。

「ああ、そうだ。侯爵の子供はスコットひとりだ。彼が生きていればなんの問題もなかったが、爵位を誰に譲るかまだ決まっていない。それで一族の者は皆、ぴりぴりしている。しかし爵位そのものより、皆が狙《ねら》っているのはハミルトンの総帥の座だろう。ハミルトンが手掛けている事業は数限りなくある。ハミルトンは世界でも有数の財閥と見なされているからな」

「そんなに?」

結衣はそう問い返しつつ、ため息をついた。

こんな城に住んでいるぐらいだから、相当なお金持ちだろうとは思っていた。しかし、これは予想外の規模だ。

「侯爵となった者が自動的にハミルトン財閥の総帥ともなる。ハミルトンではそれが暗黙の了解とされてきた。しかし、爵位はどんな馬鹿にでも継げるが、財閥の総帥はそれなりの力がある者でなければ務まらない」

ウィリアムはなんでもないことのように言い切った。

チャールズには総帥になる力がない。

はっきり口にしたわけではないが、ウィリアムはそう思っているのだろう。

そしてウィリアム自身にはその力があると……。

貴族だの財閥だの、結衣はそんな言葉にはまったく無縁だった。

けれど、亡くなった従姉妹には侯爵の血が流れており、また子供の頃大好きだったウィリアムが爵位を継いでハミルトン財閥の頂点になるかもしれない。

信じられないことばかりだが、結衣は否応《いやおう》なくその渦中に巻き込まれたのだ。

「ユイ、何を考えていた？　不安がらせてしまって、申し訳ない」

「ううん、さっきも言ったけど、ぼくは平気。それよりウィリアムのほうこそ、大丈夫？　ぼくのせいで、一族の人たち全部敵にまわしてしまったんじゃない？」

何気なく問うと、ウィリアムは思わずといった感じで頬をゆるめる。

先ほど一族の人たちに見せていたものとは違い、蕩《とろ》けるような甘さのある微笑だ。

じっと見つめられて、結衣は条件反射のように赤くなった。

するとすうっとウィリアムに肩を抱き寄せられてしまう。

「ユイ、愛している。君ほど純真で可愛い子は他にいない」

甘い囁きとともにウィリアムの指が顎の先にかかり、そのまましっとりと口づけられた。

「……んっ」

鼻にかかった喘ぎを漏らすと、ウィリアムがするりと舌を挿し込んでくる。

本格的なキスに、結衣はドキドキと心臓の音を高鳴らせた。

ウィリアムの舌がぬるりと絡むと、口中に唾液が溢れてくる。

今にもだらしなくこぼれてしまいそうになり、結衣は焦りを覚えた。

今部屋に残っているのはふたりだけだ。だから、キスして誰かに見せつける必要はない。

「んっ、ふ……っ」

懸命にウィリアムの腕から抜け出そうとすると、ようやく唇が離れていく。

結衣は潤《うる》んでしまった目で懸命にウィリアムをにらんだ。

「どうした？　怒ったか？」

「だって、キスは他の人に見せるためって言ったのに……」

結衣がそう抗議すると、ウィリアムはにこやかな笑みを見せる。

「確かにそう言ったな。しかし、ユイにキスしたくなった。いけなかったか？」

「そんな……っ」

肩を抱き寄せられたままで顔を覗き込まれ、結衣は息をのんだ。

身代わりのキスじゃないなんてどういうことかも、とっさには判断できない。

「ユイ、愛してるよ」

「え、……あっ、んぅ」

ウィリアムは考える暇さえくれなかった。

再びしっかりと抱きしめられて、口づけられる。

ウィリアムの熱い舌が絡むと、もうそれだけに神経が集中し、頭がおかしくなってきそうだ。

ねっとり絡めた舌を吸い上げられると、身体の芯が徐々に熱くなってくる。

「んっ……ん、ふっ」

結衣はウィリアムが導くままに、深いキスに酔わされていた。

散々貪《むさぼ》られてからようやく解放される。

「ユイは本当に可愛いな。スモーキングルームでキスしたのは失敗だった」

「え？」

何気なく訊ね返すと、ウィリアムが耳に口を近づけて囁く。

「キスだけで身体が熱くなったのだろう？　でも、ここでこれ以上のことはできない。部屋に戻ろうか」

「あ……っ」

意味ありげな言葉に、結衣は大きく胸を喘がせた。

ウィリアムはまた昨日みたいなことをするつもりだろうか。

ちらりと想像しただけで、結衣は頬を真っ赤に染めた。

「さあ、そろそろ行こう」

ウィリアムはさっとソファから立ち上がり、結衣の手を取った。

続けて立とうとしたけれど、足には少しも力が入らない。

ぐらりとよろけたところをウィリアムに支えられ、結衣はまた羞恥に駆られた。

ウエストをしっかり押さえられ、半分以上ウィリアムに身を任せる形で、なんとか長い廊下を歩く。

自分の部屋のドアが見えた時、結衣は心からほっと安堵の息をついた。

「あの、ウィリアム。今夜はこれでおしまいですか？」

自室に入り、結衣は何気なく訊ねた。

するとウィリアムがふっと端整な顔を綻ばせる。

「おしまいとは、私をこの部屋から早く追い出したいってことか？」

「ち、違います！　そうじゃなくて、まだ色々話とか……」

ウィリアムの当てこすりに、結衣は焦り気味に言い訳した。

「からかって悪かった。そうだな。まだ話しておくべきこともあるのだが、今夜はもう遅い。また明日にしよう」

「わ、わかりました」

けれども結衣がそう答えても、ウィリアムは部屋から出ていく気配を見せない。

久しぶりに振袖を着たので、少し苦しくなっていた。できれば早く脱ぎたいのだが、ウィリアムがいてはそれができない。

「振袖、ひとりで脱ぐのは大変だろう。手伝おうか？」

「えっ」

まるで心の中の声が聞こえていたかのような言葉に、結衣はまた頬を赤くしてしまった。

ウィリアムに着替えを手伝ってもらうなんて、とんでもない話だ。

「ううん、……ひとりでも平気……」

慌てて答えたが、ウィリアムは疑わしそうな目で見ているだけだ。

よくよく考えれば自分の手で帯を解《ほど》くのは大変だった。

「ごめん、それなら帯だけ手伝ってください」

「おやすい御用だ。ではベッドルームまで行こうか」

「あ、……はい」

結衣が答えると、ウィリアムの腕が再び腰へと伸びてくる。

ごく自然にエスコートされて、結衣はベッドルームへと向かった。

天蓋《てんがい》付きの豪華なベッドの他にも優美な猫脚を持つカウチや椅子が配置されている。

結衣はそのカウチのそばで、ウィリアムに背を向けた。

ウィリアムは着物のことをよく知っているらしく、絞りの帯揚げを引き出し、それから金色の地でできた帯締めを解く。

そのあと固く結んだ帯も解いてもらうと、ほっとする。

「これでいいか?」

「あ、ありがとう」

結衣は礼を言いながら、振り向こうとしたが、その前に背後からしっかりウィリアムに抱きしめられてしまう。

「ユイ、日本の着物は本当に色っぽいね。特に襟足《えりあし》が……」

「あっ」

首筋に熱く濡《ぬ》れた感触が貼りついて、結衣はびくっと震えた。

ウィリアムは項《うなじ》に口づけたあと、結衣の耳へと舌先を滑らせてくる。

「可愛い……耳が赤くなっている」

そんな言葉とともに、やわらかな耳朶《じだ》が口で咥《くわ》えられる。

ほんの少し舌先で舐められただけで、結衣はかっと身体を熱くした。

「やっ、……ウィリアム……離してっ」

結衣は大きく胸を喘がせながら訴えた。

これ以上ウィリアムとくっついていると、またおかしな気分になってしまう。

スモーキングルームでキスされた時に発した熱が、また再燃してしまう。

なのにウィリアムはするりと手を滑らせてくる。

「結衣は骨格が華奢だな。こうしていると、本当に女の子みたいだ」

肩から腕へと滑り下りた手が、肘《ひじ》のあたりで向きを変え、胸元まで達する。

袷《あわせ》はまだしっかり閉じていたが、帯がないのでひどく心許《こころもと》ない気分だった。

「や……ウィリアム……っ」

結衣はあえかな声を出したが、ウィリアムの手は止まらない。

「どうして？　いやなのか？」

「え……だって……こんなの……」

「これだって恋人同士のスキンシップだ。練習しておかないと……」

耳に直接吹き込むように囁かれる。

熱い吐息を感じたとたん、結衣は小刻みに震えた。

「そんな……っ」

キスの余韻がまだ残っているのに、こんなことをされてはたまったものじゃない。

身体が芯から燃えるように熱くなり、結衣は狼狽《ろうばい》した。

あらぬ場所までまた変化しそうで怖くなる。

「ユイ、胸を触ってもいいか？」

「え？」

結衣は驚きで目を瞠ったが、ウィリアムは返事を待つことなく行為を進めてくる。

襟元から今にも手を挿し込まれそうになり、結衣は慌てて自分の両手で胸を押さえた。

けれどもウィリアムの手は思わぬ場所へと移動する。

「ああっ」

脇《わき》の下からいきなり潜り込んできた手に、結衣は思わず叫び声を上げた。

「日本の着物はこういうところも便利にできている」

ウィリアムは背中側から片手だけで軽く結衣を抱き、もう片方の手を身八口《みやつぐち》から中へと挿し込んでくる。

「やっ、そんなの」

固く結んであった帯はもうない。障壁がなくなった今、ゆるみが出来るのはあっという間だった。

「ユイ、本当にこうされるのはいやか？」

ウィリアムは項に口づけ、囁くように訊ねてくる。

手はすでに肌を直接撫でさすっている。それが今にも乳首まで達しそうで、結衣はどうしていいかわからなかった。

それにウィリアムはずるい。

いやかと訊かれても、返答に困ってしまう。

「だって、ぼくは……男なのに……っ」

切れ切れに訴えた言葉に、ウィリアムはくすりと笑った。

「ユイ、男だとか女だとか、そんなことは関係ないだろう。私はユイがユイだから触れたいだけだ」

「あ……」

結衣は大きく胸を喘がせた。

さっきは練習だと言ったくせに、自分だから触れたいだなんて、矛盾している。

なのに、どうしてこんなにも胸がドキドキしてしまうのだろう。

そして結衣の隙を突くように、ウィリアムの手が動き始める。右手はとうとう胸の頂に触れ、左手は下肢にまで伸びていた。

「ああっ」

裾を割られ、悲鳴を上げた瞬間、乳首をきゅっと摘《つま》まれる。

結衣は大きく腰を引いた。それでも背後からしっかり抱えられている状態なので、逃げられない。

そのうえ乳首を弄《いじ》られて怯んだ隙に、ウィリアムは着物の裾をめくり、長襦袢《ながじゅばん》の中まで手を潜り込ませてきた。

下着は最初から着けていなかった。お腰を払われてしまえば、あとはもう下肢を隠すものはない。

ウィリアムの手で変化した中心を直接握り込まれ、結衣は羞恥で涙を滲ませた。

「ユイ、可愛いね。やっぱりここを大きくしていたんだ。こんなふうになったら、ちゃんと責任を取ってあげると言っておいたのに、内緒にしているなんて悪い子だ」

淫らさを暴くような言葉に、結衣はゆるく首を振った。

でも、やわやわと握り込まれると、ますます中心が張りつめてしまう。

否定しようにも、ウィリアムに触れられただけでこうなってしまうのだから、どうしようもなかった。

「やっ、……あぁ……っ」

リズミカルに駆り立てれると、もう声も抑えていられない。

結衣はウィリアムの愛撫《あいぶ》に合わせるように、連続して甘い声を上げていた。

「ユイ、胸がまだきついようだね。もう少しゆるめようか」

ウィリアムは宥めるように言いながら、胸と下肢に触れていた手をいったん引き抜いた。

そうして、手早く伊達締《だてじ》めを解いてしまう。

残ったのは絹紐が二本だけだ。もともとひと捻《ひね》りして、挟み込んであるだけの紐は、結び目を解く必要もない。

「やだ」

結衣は遅ればせながら首を左右に振った。けれどもその時にはもう、着物を羽織っただけの無防備な格好になっている。

「ユイ、ほんとに君は可愛い」

熱っぽい言葉と同時に、結衣はくるりと正面を向かされた。

次の瞬間には両腕ごときつく抱きすくめられて、唇を奪われる。

「んぅ、う、くっ……うぅ」

舌を挿し込まれ、口内をくまなく探られただけで、鼓動が乱れて息が上がる。

絡めた舌を吸われると、身体中が熱くなった。

恥ずかしくてたまらないのに、下半身にどんどん熱が溜まる。

立っているのがつらくなり、結衣はウィリアムに縋りついた。

「んぅ……っ、ふ、くっ……」

唇が離されても、しばらくは息も整わない。

必死に胸を喘がせていると、ウィリアムがするりと頬を撫でた。

「ユイ、もう少し先に進んでも大丈夫そうだね」

「……え?」

「ほら、ここもいやじゃないみたいだし」

ウィリアムは忍び笑うように言いながら、くいっと逞しい太腿《ふともも》を動かした。

「ああっ」

熱くなった場所が硬い筋肉に擦れ、恐ろしいほどの快感に襲われる。

びくんと震え、慌てて腰を引こうとしたけれど、ウィリアムの腕が背中に回されて、逃げ出すことはできなかった。

「ユイ、ここから先はベッドの上で教えよう」

切迫したような声が耳に達した瞬間、ユイの身体はふわりと抱き上げられた。

「あ……っ」

ベッドまで、ウィリアムの長い足でほんの三歩。結衣はそっとベッドに上に下ろされる。

ウィリアムもそのまま乗り上げてきて、結衣は両腕の中に閉じ込められた。

「ウ、ウィリアム……ぼくは……っ」

結衣は必死にウィリアムを押しのけようとしたが、非力な腕では逞しい彼を動かすのは無理な話だ。

いくら奥手でも、これから何が始まろうとしているのか察しがつく。

それだけに、結衣は怖くなった。

自分は唯花の身代わりで婚約者役をやるだけだ。恋人同士に見えるようにキスするとは言われたけれど、ここまでの行為となると躊躇《ためら》ってしまう。

ウィリアムが大好きだからこそ、触れられて気持ちよくなることに罪悪感を覚える。

「ユイ、いいね？」

ウィリアムは静かに重ねる。

青い瞳でじっと見つめられ、結衣は何も言えなくなった。

ウィリアムにキスされるのは、ちっともいやじゃない。それどころか肌に触れられるとどうしようもなく感じてしまって恥ずかしいほどだ。

「ウィリアム、ぼくは……」

「しいっ、いやじゃないなら黙っていなさい。怖がることはない。君が本当にいやなことはしないから」

優しく宥めるように諭されて、結衣は泣きたくなってきた。

けれどウィリアムは、返事ができなかったことを承諾の印と取ったらしく、そっと結衣の振袖に手を伸ばしてくる。

なんの押さえもなくなった着物はすぐにめくられ、長襦袢も同じように取り除けられる。

ベッドの上に身を横たえて、着物を左右に開かれた姿は、さぞいやらしいことだろう。

しかも隠すものがなくなった下肢では、恥ずかしげもなく勃ち上がった中心が揺れている。

「ユイは肌がきれいだ。こうして触っているだけでもすべすべしていて気持ちがいい」

「……っ」

ウィリアムは言葉どおり、剝《む》き出しになった肌に掌を滑らせてくる。

胸や脇腹を撫でられて、結衣はびくんと身を震わせた。

「んっ」

ウィリアムに赤くなった胸の粒を摘まれると、何故か下半身も連動して揺れてしまう。

感じているのは隠しようもなく、ウィリアムはやわらかな笑みを浮かべながら何度も掌を上下させた。

「あ、んっ」

乳首を摘まれたのは一度だけで、触れられているのは他の部分だ。平らな腹や腰骨、それから際どい部分を掠めて腿の内側。

肝心なところには触れられてもいないのに、ウィリアムの手が肌を這《は》うたびに張りつめたものが揺れる。

ウィリアムはそれをしっかり視界に収めている。

恥ずかしさは頂点に達し、結衣は短い息をつくだけだ。

「いや……っ」

たまらなくなって涙を滲ませると、ウィリアムがいっそう優しい言葉をかけてくる。

「怖がることはない。気持ちよくなるのは悪いことじゃない」

「でも……っ」

「大丈夫。ユイはただ感じていればいいだけだ」

ウィリアムは宥めるように言い、そっと金髪の頭を下げてくる。

臍《へそ》の横にチュッと音を立ててキスを落とされ、結衣は思わず腰を突き上げた。

ウィリアムは両手で腰を押さえ、そのままさらに顔を近づけてくる。

「あっ、やあ……っ」

物欲しげに上を向き、ふるふる震えているものを口に含まれて、結衣は身悶《みもだ》えた。

温かく湿った感触に包まれると、あっさり極めてしまいそうになるほど気持ちがよかった。

でも、ウィリアムにあんな場所を咥えられてしまうなんて、恥ずかしすぎる。

「や、やめてっ、ウィリアム……っ」

結衣は必死に腰をよじったが、ウィリアムの口淫《こういん》は止まらなかった。

着物の裾から覗くのはまだ足袋をつけたままの白い生足だ。それを両手でつかまれて、大きく開かされる。

すべてがさらけ出された状態で、全部を深くのみ込まれた。

どれほど恥ずかしい格好か、想像しただけで頭が焼き切れそうだ。

ウィリアムはジャケットさえ脱いでいないのに、自分ひとりが淫らな姿をさらしている。

なのに、ねっとり舌を這わされると、何も考えられなくなって快感だけに支配される。くびれの部分を舌先で丁寧に擦られると、もう結衣はぶるぶる小刻みに身を震わせるだけだった。

ウィリアムは巧みに口淫を続けながら、胸にも手を伸ばしてくる。

肌が探られ、胸の突起をきゅっと摘まれると、いっぺんに吐き出してしまいそうになった。

「ウ、ウィリアム……っ、もう駄目……っ、は、離してっ」

結衣はぎりぎりのところで射精を堪えながら懇願した。

このままウィリアムの口で達ってしまうなんて、絶対にできない。そんなことをしてウィリアムを穢《けが》したくなかった。

「ユイ、達きたいなら我慢しないでいい」

ウィリアムはそう言って、再び結衣の中心を深く咥える。

帯こそ解かれたが、着物と長襦袢を身にまといつかせたままで両足をだらしなく開いていた。それだけでも淫らなのに、ウィリアムに咥えられている。

羞恥はどうしようもないほどで、おかしくなりそうだ。

それでも射精を促すようにすぼめた口を上下されると、もう我慢がきかなかった。

「ううっ、く、ふっ……うぅ……ぅあ、ああっ……っ」

結衣は大きく背を反らしながら、ウィリアムの口にすべてを吐き出した。

今まで経験したことのない圧倒的な快感には抗うすべもない。

結衣は頭を真っ白にさせながら、ウィリアムが与えてくれた悦楽を受け入れるだけだった。

4

城での暮らしは静かに始まった。

ウィリアムがすべてを滞りなく手配してくれていたので、不安なことは何もなかった。到着した日とその翌日が怒濤《どとう》の展開だっただけに、この静けさが信じられないくらいだ。

性別を偽っている件に関しても、ウィリアムは抜かりなく気を配っている。

結衣の世話係としてつけられたのは、ウィリアムが子供の頃から仕えていたという老齢のオコーネル兄妹だった。

兄のデイビス・オコーネルはもう七十五歳だというが、バリバリのハウススチュワードで、妹のアガサは家政婦のプロだ。ふたりとも銀髪の痩身《そうしん》で、鋭い灰色の眼《め》をしている。一見冷ややかな印象を受けるものの、信頼に足る人物だというのは結衣にもすぐにわかった。

「ユイ様、午前中はダンスのレッスンをなさるとのことで、ウィリアム様がおいでになります」

「ダンスのレッスン？」

アガサの言葉に、結衣はため息混じりに訊ね返した。

ハミルトン家の娘として相応《ふさわ》しくあるように、淑女教育を受けさせられている。

上流社会に相応しいマナーと会話、それに頭の痛いダンス。

これも身代わりを務めるための条件だから仕方ないのはわかっている。それでも進んで取りかかる気にはなれなかった。

「ご心配なさることはありませんよ、ユイ様。ダンスはウィリアム様が直接指導なさるそうですから」

アガサにそう慰められたが、結衣にはそれも関門だった。

手に手を重ね、ぴったりくっついて踊るダンスだ。ただでさえウィリアムのことを意識してしまうのに、抱かれて踊るなんて危険すぎる。

「ダンスは苦手だな……」

結衣がぼやくように言うのも無理のない話だ。

けれどもアガサはにこりともしない。

「さあユイ様、そろそろお召し替えを」

結衣はアガサに追い立てられるように、ドレッシングルームへと向かった。

女の子の格好とはいっても、用意された服はユニセックスなものが多い。体型をあまり意識せずにいられる、かちっとしたシャツにパンツスーツなどを合わせる。あとはざっくり編んである大きめのセーターやカーディガン。今も結衣は黒のジーンズに生地が厚めのウールシャツというスタイルだった。

もともと女の子に間違われることが多かったので、特別にドレスアップしなくても充分だったのだ。

しかしワルツを踊るとなると、パンツスタイルのままというわけにはいかない。極めて女の子らしい、たっぷりしたフレアーワンピースやロングドレスを着なくてはいけなかった。

何故ならダンスを披露するのは正式なパーティー会場での話だ。裾捌《さば》きなどにも慣れておかないとみっともないことになるので、練習の時からドレスを着るのだ。

アガサと一緒にドレッシングルームまでやってきた結衣は、憂鬱《ゆううつ》な気分に襲われていた。

「さあ、ユイ様。こちらのワンピースなどいかがですか？　たっぷりギャザーが入ってますから動きやすいですよ」

アガサがクローゼットから出してきたのは、薄いクリーム色のワンピースだった。立て襟の長袖で、上はシンプルだが、下はふんわりと薄いジョーゼットを重ねたデザインだ。

ユイは渋々ながらそのドレスを受け取って、着替え始めた。

胸の部分には最初からパッドで膨らみが持たせてある。結衣が女性用の下着をつけるのだけはいやだと拒否したので、デザイナーが急遽この形に直してくれたのだ。

問題はサンダルだった。

スカート丈はミディアム。足首は完全に見えている。用意されたのは華奢なハイヒールのサンダルで、履いただけでふらつきそうだ。

世の中の女性たちは、よくこんな頼りないサンダルで歩いたり走ったりできると感心してしまう。

結衣がへっぴり腰でそろそろと歩き始めた時、ちょうどウィリアムが迎えに現れた。

「今日も可愛いな、ユイ」

極上の笑みとともに声をかけられて、結衣は条件反射のように頬を染めた。

「もう、からかわないでください。ピエロみたいにおかしいって言ってもらったほうがいいくらいなんだから」

結衣が顔をしかめて答えると、ウィリアムはくすくす笑い出す。

「お姫様はご機嫌斜めのようだね」

「ぼく、お姫様なんかじゃないし……」

「ユイ、機嫌を直してくれ」

ウィリアムが宥めるように頬に触れてくる。

そろりと撫でられただけで、結衣の心臓は高鳴った。

機嫌が悪いわけじゃない。こうした何気ない触れ合いに慣れていないだけ。嬉しさと照れくささが半々で、いつもどうしていいかわからなくなる。

「さあ、ユイ。音楽をかけるぞ」

リビングに戻ってすぐに、ウィリアムがＣＤをセットする。

広い部屋には優雅なワルツの曲が流れ始めた。

「お姫様、お手をどうぞ」

ウィリアムが差し出した手に自分のそれを預けると、いっそう頬が熱くなった。

長身のウィリアムは今日も素敵にスーツを着こなしている。ウィリアムはハミルトンの事業でも主要な部門を任されているとのことで、結衣の相手をする時以外は、いつも忙しそうにしていた。

手をソフトに握られ、ウエストにも大きな手が当てられる。そうしてウィリアムはワルツのステップを踏み始めた。

腰を支えられて踊るのは恥ずかしい。でも、ウィリアムの動きはとても優雅で、リードも完璧だった。

華奢なサンダルで、歩くだけでも大変だったのに、ウィリアムにすべてを任せていると、何故か結衣まで優雅に踊れてしまう。

「ユイは音感がいいから教え甲斐《がい》がある」

「そんな……ウィリアムがちゃんとリードしてくれるから」

結衣はターンのたびにふわりと裾を翻しながら、ウィリアムのリードでワルツを踊った。

端から見れば、小柄な結衣は完全に女の子だと思われるだろう。

長身のウィリアムとは本当に似合いのカップルだったが、結衣自身はそんなことに気づきもしなかった。

途中で何回か曲を変えて、ワルツを踊り続ける。

「よし、これでもうワルツは合格だ。明日はタンゴをやってみようか」

「タンゴ……」

結衣は呆然となったが、ウィリアムはにこやかに笑っているだけだ。

「ユイ、少し庭を散歩しようか」

「はい」

ダンスのレッスンが終わり、そのあと散歩に出るのも習慣化し始めている。

ハミルトンの城には見事な庭園があり、全部見て回ると一日ではとても足りないほどの広さもあった。

結衣の部屋は二階にあったが、バルコニーから直接庭に下りられるようになっている。

結衣はウィリアムに腕を取られ、ゆっくり石段を下りた。

ハイヒールのままだけれど、ウィリアムがそばにいれば不思議と転ばずに歩けてしまう。

ウィリアムは結衣がそれと気づかないほど小さな動きで、助けてくれているのだろう。

まるでエスコートのお手本のようだ。自分だって本当は男なんだから、ダンスよりこちらのほうを教わりたいぐらいだ。

でも残念なことに、結衣はいつもエスコートされる側だったし、たとえ立場が逆になったとしても、とてもウィリアムのように優雅な動きはできないだろう。

庭の木立が色づき始め、風が吹いてくるたびに、黄金色の葉を踊らせている。

外気はひやりとしていたが、やわらかな陽射しを浴びて歩くのは清々《すがすが》しい気分だ。

城の裏手には薔薇園やハーブガーデンもあって、それぞれ趣の違う様子を見せている。

ウィリアムは薔薇園の中に進み、休憩用の四阿《あずまや》に結衣を導いた。

「あ、こんなところに」

小さく呟いたのは、四阿のテーブルにお茶の用意がされているのを発見したからだ。

ウィリアムが事前に命じておいたのだろう。

温かな肌合いの木製テーブルに赤と白のギンガムチェックのクロスがかけられ、白地に小さな薔薇の模様が浮いたポットとカップがセットされていた。

銀製の台に白い皿が三枚重ねられ、それぞれ美味しそうなサンドイッチやスコーンなどが並んでいる。

「さあ、お茶を飲もう」

「はい」

ウィリアムに誘われ、結衣はクッションを載せた椅子に腰を下ろした。

ポットからお茶を注ごうと手を伸ばすと、ウィリアムに止められる。

「私がやろう」

ウィリアムはそう言って、優雅に紅茶を注ぐ。

そういえば子供の頃にも庭に出てふたりきりで紅茶を飲んだなと、結衣は懐かしく思い出した。

「ユイはあの頃まだ小さかったからな。それでも一生懸命に私を招待してくれた」

あまりにも的を射た言葉に、結衣は目を見開いた。

「ウィリアム、なんでぼくが考えていることがわかったの？」

「ユイのことならなんでもわかる」

ウィリアムはやわらかく微笑みながら答える。

外の光で見ると、ウィリアムの金髪はより輝きを増す。

結衣は端整な顔をじっと見つめながら、ふうっとため息をついた。

「なんでもわかってしまうなら、ウィリアムには隠し事ができないね」

「なんだ？　私に隠しておきたいことでもあるのか？」

からかうように訊ねられ、結衣はゆっくり首を振った。

「そんなの別にないよ。ただ、ちょっとずるいなと思っただけ」

「ずるい？　何が？」

ウィリアムは僅かに首を傾げる。しかし、青い眼にはやっぱりからかうような光が宿っている。

「だって、ぼくにはウィリアムのことがわからないのに、ぼくのことだけ全部ばれてるなんて、ずるいよ」

「私の考えていることがわからない？　本当に？」

やわらかくたたみかけてくるウィリアムに、今度は結衣が首を傾げた。

「ユイは可愛い。ユイは可愛い。ユイは可愛い……私が考えているのはいつもユイのことだ」

さらりととんでもない台詞《せりふ》を聞かされて、結衣はまた頬を染めた。

ウィリアムと一緒にいると、ただでさえ恥ずかしいのに、可愛いなどと連発されてはたまったものじゃない。

「ひどいよ。ウィリアムは絶対にぼくのことを玩具にしてるでしょう？」

「玩具？」

「だって、ぼくが恥ずかしがって困ってるところを観察して喜んでるから」

ぽつりと口にすると、ウィリアムが息をのむ。

けれども、次の瞬間には大声で笑われてしまった。

なかなか笑いやまないウィリアムに、結衣はつんと顎をそらし、おもむろに紅茶を口に運ぶ。

見事なまでに咲き誇る薔薇を眺めながら優雅にお茶を飲み、他愛《たあい》ないやり取りを交わす。

それだけのことなのに、結衣は心からの幸せを感じていた。

子供の頃、ウィリアムに会えなくなって、どれほど悲しかったか。ひどく寂しくて毎日のように泣いて、それでウィリアムのことを無理やり忘れようとしたのだ。

子供の頃も今も変わらず、ウィリアムのことが好きだ。

そこまで思った瞬間、結衣の胸はドキンと高鳴った。

「好き」という単語を妙に意識してしまったのだ。

結衣はふるふる首を振った。

ウィリアムは兄のような存在だ。婚約者役を演じているせいで、おかしな気分になっただけ。

「ユイ、どうした？　何、顔を赤くしてる？」

ウィリアムにそう訊ねられ、結衣はむきになったように答えた。

「なんでもない！」

勢いよく言ってしまったが、ウィリアムがそれ以上追及してくることはなかった。

やっぱり、自分の考えていることが全部わかるだなんて、からかわれていただけなんだと、結衣は大きくため息をついた。

紅茶はハミルトン家の伝統的なブレンドで、ミルクを先にカップへ注ぐのが流儀とのこと。

そういえば子供の頃もウィリアムはミルクを先に入れていた。

クロテッドクリームとブルーベリージャムをつけたスコーンを口に運ぶととても幸せな気分になる。

「ユイ、口の端にクリームがついた」

「え？」

大口を開けてスコーンを頬張った結衣はいっぺんに恥ずかしくなった。淑女っぽく振る舞わなければならないのに、口にクリームをつけてしまうなど最低だ。

慌てて取ろうとしたのだが、ウィリアムのほうが先に指を伸ばしてくる。

くいっと口の端を撫でられ、次の瞬間、ウィリアムはその指についたクリームを自分で舐め取った。

「そんな……、ご、ごめんなさい」

「このクリームはユイの唇と同じ甘さだ」

ウィリアムに何気なく言われ、結衣はまた顔を赤くした。

羞恥で思わず下を向くと、ウィリアムの手が宥めるように頬を掠めていく。

やっぱり子供扱いされているなと、結衣は胸の内でまた大きくため息をついた。

「ユイ、明日は病院へ行こうと思う。君もついてきてくれるか？」

「え？　明日？　侯爵に……会いに？」

「ああ、そうだ。ユイも城の生活に馴染《なじ》んできたようだし、そろそろいいだろう」

「……わかり、ました……」

結衣は緊張気味に答えた。

いよいよ唯花の代わりに、彼女のお祖父さんに会うことになるのだ。

しっかりと身代わりが務まるだろうかと不安になるが、ウィリアムも一緒ならなんとかなるだろう。

この城に来たのはそのためなのだから、ちゃんとしなくてはいけない。

だが、結衣はそこではっとなった。

侯爵の見舞いが目的なら、それを果たせばもう自分は必要なくなるのではないだろうか。

目的を達成できれば、もう自分は必要なくなる？

そして、ウィリアムとももう会えなくなってしまうかもしれない。

恐ろしい現実に思い至り、結衣は小刻みに身を震わせた。

急激に寂しさに襲われて、涙ぐみそうになってしまう。

しかし、その時、ウィリアムがそっと声をかけてきた。

「ユイ、侯爵に会ったら、君にまた頼みたいことができると思う」

「頼みたいこと？」

「ああ、君でなければできないことだ」

「何？」

「いや、それは侯爵に会ってからだ。……さて、私はそろそろ会社に戻る」

ウィリアムはそう言って、腰を上げる。

薔薇園の中の四阿で、ふたりきりのお茶――。

至福の時間はあっけなく終わりを遂げてしまった。

「ぼくはもう少しここにいます」

「わかった」

ウィリアムはあっさり頷いて背中を向ける。

無駄のない足運びで離れていく長身の背を、結衣はずっと飽きずに眺めていた。

目の前は美しく咲き誇る薔薇の花。

けれども結衣の気持ちは沈み込んだままだった。

しばらくじっと座ったままでいると、ふいに薔薇の木の陰から姿を現した者がいる。

はっと眼を凝らすと、今までなんとなく敬遠していたチャールズだった。

何をしに来たのかと結衣は思わず身構えたが、チャールズは遠慮もなくこちらへと近づいてくる。

「ウィリアムはもう行ったようだな」

「……」

結衣は無言でチャールズを見据えるだけだった。

するとチャールズが皮肉げに口元を歪め、ついさっきまでウィリアムがいた椅子に腰を下ろす。

「何もそう警戒することはないだろう。ミス・ハミルトン。君は俺の又従妹になるんだからな」

今さら逃げ出すわけにもいかず、結衣はぎゅっと両手を握りしめた。ウィリアムがいない今、助けてくれる者はいない。ひとりでチャールズに対処しなければならないのだ。自分が唯花じゃないとばれると困ったことになる。

「だから、そう警戒するなって……ま、今さらそう言っても無理か」

チャールズはそう言いながら大げさに両手を広げた。

「何か……私に何か御用でしょうか？」

結衣は辛うじてそう訊ねた。

もちろんしとやかな淑女らしく、言葉遣いにも気を遣う。

「明日、病院へ行くそうだな」

さっき聞かされたばかりの予定なのに、チャールズも知っているとはますます警戒心が募る。

「それが何か？」

結衣はじっとチャールズの鳶色の瞳を見て訊ね返した。

「いいか、ユイカ・ハミルトン。おまえが侯爵の孫娘だというなら、そういうことにしてやってもいい。しかし、おまえは奴に利用されているだけだ。それだけははっきり言っておく」

「……」

結衣は用心深く無言をとおした。

無駄口を叩けばどんな綻《ほころ》びが出るかわかったものではない。

「黙《だんま》りか、まったく……。どんな育ち方をしたのか知らないが、おまえがいくら世間知らずでも、少しは脳みそを使って考えたらどうだ？　おまえは明日、病院で侯爵に会う。そして侯爵はおまえが自分の孫だと認める。あれだけ年になってからわざわざおまえを捜させたんだ。侯爵はなんの疑いも持たずにおまえを認めるだろう。そして、侯爵家の莫大《ばくだい》な財産をおまえに譲ると言い出す」

「え……」

チャールズの予測に、結衣は思わず息をのんだ。

侯爵家の財産の行方《ゆくえ》。自分の存在が大きく関わりを持つことは、なんとなくわかっていたが、こうして具体的に説明され、初めて結衣は不安になった。

ウィリアムは全部任せておけばいいと言ったけれど、本当にいいのだろうか？

「どうした？　まさか、そんなことは考えてもいませんでした、とでも言う気か？」

「別に、そこまでは……」

結衣は否応なく、答えさせられる。

声を出させたことで満足したのか、チャールズはにやりとした笑みを浮かべた。

「財産はおまえに……しかし、爵位は継げない。となると、曲がりなりにもハミルトンの一族であり、さらにおまえの夫となるウィリアムが次の侯爵となる可能性が高くなる。ウィリアムの立場からすれば、おまえを口説くのが爵位への一番の早道というわけだ」

「でも、ウィリアムはそんな人じゃありません」

結衣が勢い込んで指摘すると、チャールズは、ふんと鼻を鳴らす。

「ウィリアムの奴、すっかりおまえを誑《たら》し込んでしまったようだな。さすがとでも言うべきか……。だがな、いくらおまえが世間知らずでも、少しは考えろ。ウィリアムがおまえにいい顔を見せるのは、結婚するまでだ。すべてを手中に収めたら、おまえなどどうでもよくなる。あんな男と結婚しても、窮屈な思いをするだけで、幸せにはなれんぞ」

「どうしてあなたにそんなことがわかるんですか？」

結衣はなんだか腹立たしくなってきて、問い返した。

財産目当てでプロポーズしてくる男には気をつけろ。

それが世間での常識かもしれないが、ウィリアムに限ってそんなことをするはずがない。

この婚約劇は仮初めのものだ。それでもウィリアムを侮辱されるのは我慢がならなかった。

「おまえはウィリアムの本性を知らないだけだ。あいつは冷酷な奴だぞ。ウィリアムは侯爵に取り入り、ハミルトン・グループの中枢を自分の思うままに操っている。その一方で一族の者への融資は絞って、我々を追い詰めようと図っている。おまえだって、優しくしてもらえるのは結婚するまでだ。爵位と財産を手にしたら、あいつは絶対に本性を現す。その時になって後悔しても遅いぞ」

「おっしゃりたいことはそれだけですか？　申し訳ないですけど、これ以上あなたのお話は聞いていられません。失礼します」

結衣はぴしゃりと言って立ち上がった。

「なんだと？」

チャールズも反射的に席を立つ。

結衣はそのままテーブルを離れようとしたが、いきなりチャールズに手をつかまれ、動きを阻まれた。

「は、離してください」

結衣はきっとチャールズをにらみつけた。

怖いと思うより、腹立たしさのほうが勝っている。

ウィリアムをまるで守銭奴のように言うなんて、どうかしているとしか思えない。

ひたすら怒りに燃えた眼を向けていると、チャールズが肩をすくめる。

「さっきは認めてやると言ったが、俺はまだおまえを疑っている。今頃になっておまえが見つかったとか、あまりにもウィリアムに都合がよすぎる展開だからな」

「……」

「ふん、頑固なところは侯爵譲りだとでも言いたいのか……」

チャールズはそう吐き捨てながら、ぐいっと結衣の手を引き寄せた。

間近で顔を覗き込まれ、結衣は窮地に陥った。

遠目ならまだごまかせるだろうが、これでは女じゃないことを見抜かれてしまうかもしれない。

「もう、手を離してください」

結衣は内心の怯えを堪え、必死に頼み込んだ。

「ユイカ、おまえが鍵になるなら、おまえを手に入れてしまえばいいということにもなるな」

にやりと笑ったチャールズに、結衣は背筋がぞっとなった。

「な、何を言ってるのか……」

ウィリアムと同じようにチャールズも長身だ。

懸命ににらみつけても、小柄な結衣では敵うはずもなかった。

「純情な振りをしても無駄だぞ。どうせもうウィリアムに抱かれてるんだろ？　ウィリアムだけに勝手をさせておくわけにはいかない。だから、俺もおまえを手に入れるっていうのはどうだ？」

チャールズはとんでもないことを言いながら、無理やり結衣を抱きすくめようとする。

「いやっ！」

結衣は渾身《こんしん》の力でチャールズを振り払った。

その時、反動でテーブルの上のポットに手が当たる。

「熱っ！」

叫んだのはチャールズだった。

ポットにはまだ熱い紅茶が残っていた。ポットが壊れた瞬間、それが全部チャールズの手にかかってしまったのだ。

「た、大変……っ」

結衣は大慌てで、あたりを探した。幸い氷を浮かべた水とおしぼりがある。結衣は急いでそれをつかんで、チャールズに命じた。

「早く手を出して！」

「このぐらい、どうということもない」

「駄目！　早く手を出して。すぐに冷やさないと」

チャールズは結衣の勢いに気圧《けお》されたように紅茶のかかった手を伸ばす。

結衣は手早くスーツとシャツの袖を巻き上げ、赤くなった手を剝き出しにした。

おしぼりを氷水に浸して火傷《やけど》した場所にのせる。

「おまえ、どうして俺にこんなこと……」

チャールズに不思議そうに呟かれ、結衣ははっとなった。

とっさに取った行動だ。どうしてと訊かれても答えようがない。

「誰か呼びますか？　それとも部屋に戻ってから？　いずれにしてもちゃんと手当したほうがいいです」

この場ではもうできることがない。

結衣はそのまま背を向けて歩き出した。するとチャールズが後ろから呼びかけてくる。

「ユイカ……悪かった。ありがとう」

「これぐらい、なんでもありません。お大事に」

結衣はそう声をかけながら振り返った。

結局のところ、チャールズもそう悪い人ではないのかもしれない。

少なくとも、結衣の小さな親切にきちんと礼を言ってくれた。

結衣は立場上、ウィリアムの味方をすることになるが、ハミルトン家の争いが早く解決することを祈るのみだった。

5

結衣《ゆい》はレースをふんだんにあしらった、上品な淡いピンクのワンピース姿で迎えのリムジンに乗り込んだ。

髪はもともと長めなので、女の子らしくふんわりと整えている。化粧はさほど必要じゃないだろうとのことで、リップクリームだけ塗っていた。

隣にはいつもどおりすっきりとスーツを着こなしたウィリアムがいる。

いよいよ侯爵に会うのだと思うと緊張するが、ウィリアムがそばにいてくれればなんとか切り抜けられるだろう。

唯花の代わりに、少しでも侯爵を慰められればいい。結衣は心からそう願っていた。

リムジンが向かったのはロンドン郊外の丘陵地帯だ。オークの森に囲まれた病院は、古い砦《とりで》を改装したもので、結衣がよく知る病院の雰囲気とは大いに異なっていた。待合室に溢《あふ》れる患者もいなければ、パジャマ姿の入院患者もいない。

廊下で見かけたのは、きちんとスーツを着て車椅子《くるまいす》に乗った老紳士。広大な庭のベンチで休んでいる年配の女性もちゃんと化粧を施し、しゃれたスーツを着ている。それとわかるのは純白の制服を着たナースぐらいだ。

「ここ、ほんとに病院?」

結衣が思わず訊《たず》ねると、ウィリアムはやわらかく微笑《ほほえ》む。

「ここは大学病院付属の特別病棟といった感じだな。一般の患者が診察を受けにくるわけじゃないが、設備は完全に整っている。地下にある手術室ではかなり高度なオペもこなせる。それと、建物の裏手にはヘリポートも完備している。常駐の医者で間に合わない緊急時には、専門医がヘリで飛んでくるんだ」

「へえ……そうなんだ」

この病院はおそらく、特別な立場にある人たちのための医療施設なのだろう。

物珍しさで思わずあたりをきょろきょろ眺めていると、受付らしき部屋から制服を着た女性の看護師が出てくる。

「ミスタ・ハミルトン、先ほどから侯爵が首を長くしてお待ちです。どうぞ、お嬢さまもこちらへ」

案内に立ったのは年嵩《としかさ》の看護師だった。大柄な赤毛の女性だが、笑顔が優しそうだ。

結衣はウィリアムとともに、彼女のあとをついていった。

院内は静かで本当に病院とは思えない。そして侯爵の病室は、奥まった一画にあった。

看護師がコツコツとノックの音を響かせてからドアを開ける。

病室というより居心地のよさそうな居間といった雰囲気だ。ハミルトンの城にあるのとそう変わらないどっしりとした調度も揃《そろ》っている。

室内に入っていくと、侯爵は窓辺の安楽椅子に腰かけていた。ツイードのジャケットにアスコットタイというおしゃれな格好で、ベージュ色の暖かそうな膝掛《ひざか》けをかけている。銀髪をしっかり整え、鼻筋の高い貴族らしい風貌《ふうぼう》の人だった。

「大叔父上、ご気分はいかがですか？」

近くまで進んでいったウィリアムは気軽に声をかけたが、結衣は緊張で足が震えてしまいそうだった。

「ここにいれば、うるさい見舞客に会わずにすむ。それだけだ。ところで、その子か？」

侯爵の視線を感じ、結衣の緊張はさらに高まった。

侯爵が待っていたのは孫娘の唯花《ゆいか》だ。自分は唯花でもないし、女の子でもない。

「ユイです。大叔父上」

「ふむ……」

「さあ、ユイ、お祖父様《じい》にご挨拶を」

ウィリアムがそう言って、さりげなくウエストに触れてくる。

そっと前に出るように背中を押され、結衣は侯爵とまともに対峙《たいじ》することになった。

緊張で喉《のど》がからからだ。それでもこくりと喉を上下させてから、結衣は口を開いた。

「はじめまして、ユイ、カ、です……」

辛うじて名前を名乗ると、侯爵はブルーグレイの瞳でじっと見つめてくる。

「スコットに似たところはないな……」

ぽつりと漏らされた言葉に、ドキリとなる。

しかし、ウィリアムが横からすかさずフォローを入れてくれた。

「それは仕方ないですよ、大叔父上。ユイは母親似ですから」

「そうじゃな……」

「さあ、ユイ。こっちに座って。そして君がつらくなければ、お父さんのことを侯爵に話してあげてほしい」

ウィリアムに侯爵と隣り合う位置の椅子を勧められ、結衣はぎこちなく腰を下ろした。

侯爵に会った時、父親の思い出話を聞かせるというのは、最初から打ち合わせしていたことだ。

結衣自身はもちろんスコット・ハミルトンを知らない。でもウィリアムに、五歳の時まで一緒に暮らした自分自身の父親のことを話せばいいと言われていた。

母の話によると、唯花の父親と結衣の父には似たところがあったという。だから結衣が覚えている父の様子を、五歳まで限定で話せば大丈夫だ。

「あの、今日はご気分、いかがですか?」

「よくも悪くもない」

なんだかとりつく島もないといった感じで、ため息をつきたくなるが、それでも結衣は努力してにこやかな笑みを浮かべた。

侯爵は肝臓を悪くしての入院だそうだ。そのせいか顔色はよくない。しかし、癌《がん》の心配はなく、安静にしていれば快復するとのことらしい。

「あの……父のこと、お話ししますね。とは言っても、まだ小さな頃のことなんですけど……」

「……スコットは……どんな父親だった？」

そこで初めて侯爵からまともな質問を受け、結衣は目を見開いた。

声には深い悲しみが宿っている気がする。

「優しい……優しいお父さんでした。外へ出かける時は必ずプレゼントを買ってきてくれたし……」

「プレゼント？」

「はい、大きなテディベアとか……。クリスマスに、父さんが大きなテディベアを抱えてきて、でも大きすぎてドアをとおすのがやっとだったので、わ、わたしは怖くなって泣いてしまって……それで母さんが父さんを叱《しか》ったんです。少しは考えてくださいねって。母さんに叱られてる父さんを見てたら、なんだかおかしくなって、結局三人でテディベアによりかかりながら大笑いしました。それが一番よく覚えている父さんとの思い出です」

言い終えた結衣は、胸の奥に痛みを感じた。

これは自分の父との思い出だ。それを唯花のお父さん、侯爵の息子にすり替えている。

侯爵を慰めるために唯花の身代わりを演じる。

目的は人助けだったはずなのに、結衣は侯爵を騙《だま》していることに強い罪の意識を感じてしまう。

「スコットは……あれはそういう人間だった。あと先考えずに行動する。だが、失敗しても、誰もスコットを憎んだりしない」

深いため息とともに漏らされた言葉に、結衣は胸を打たれた。

侯爵は結婚に反対し、息子を家から追い出したことを心底後悔しているのだろう。

「お祖父様……」

結衣は自然にそう呼びかけていた。

唯花が生きていればきっとそうしただろう。だから、侯爵の腕に自分のそれを預け、じっと明るい灰色の目を見つめる。

侯爵は皺《しわ》の目立つ手を、そっと重ねてきた。

「おまえはいい子だな」

ぽつりと言われ、結衣は頰《ほお》を染めた。

騙していることは心苦しいけれど、唯花の代わりを演じられてよかったのかもしれない。

自分がいなければ、侯爵はずっと苦しみ続けたままで余生を送ることになっていたかもしれない。

「大叔父上、前にも一度お話ししましたが、私はユイカと結婚することにしました。許可をいただけますか？」

ウィリアムがさりげなく訊ねてくる。

結衣は心臓がドキンとなったが、侯爵はただ目を細めただけだ。

「ユイカがそれでいいなら、かまわんぞ」

あっさりした答えに、結衣はまた心臓を高鳴らせた。

「いいね、ユイ？　私と結婚してくれるね？」

ウィリアムに改めて問われ、結衣はかっと耳まで赤くなった。

これは最初から予定に組み込まれていた展開だ。決して本当のことじゃない。それなのに、まるで本気でプロポーズされたかのように羞恥《しゅうち》を感じる。

「ユイ……どうした？　私と結婚してくれるのだろう？」

「……はい……」

重ねて問われ、結衣は辛うじて首を縦に振った。

「よかった。ありがとう、ユイ」

ウィリアムは満足げに頷《うなず》き、そのまま腰をかがめて結衣の頬にそっと口づけてくる。

結衣はさらに赤くなったが、侯爵は何も言わずに目を細めているだけだ。

「大叔父上、お聞きのとおりです」

ウィリアムは姿勢を正し、改まった様子で侯爵に告げた。

「では、ユイカとの結婚、そうそうに執り行うがいい。その前に、おまえに爵位を譲る件、皆に伝えねばならんな」

「大叔父上、退院されるのはいつ頃になりそうですか？」

「それは、私を早く復帰させて働かせようとのことか？」

「はい、もちろんです。爵位をお譲りいただいても、大叔父上にはまだまだやってもらわねばならないことがあります」

「まったく……今からそう偉そうにされては、先が思いやられる」

結衣は呆然《ぼうぜん》とふたりのやり取りを聞いていた。

ウィリアムと結婚などできない。これは便宜上の婚約だったはずなのに、いつの間にか具体的な話になっている。

自分はいったいどうすればいいのだろうか？

それに、今になって気づいたけれど、ウィリアムはあっさり爵位を継ぐと言った。

それにふたりの口ぶりだと、この話は前々から決まっていたことのようだ。

あるいは、自分……いや、ユイカ・ハミルトンとの結婚が爵位を継ぐ条件だったかのように……。

ふたりは結衣の逡巡《しゅんじゅん》に気づく様子もなく、これからの計画を練っている。

「それでいいな、ユイ？」

「えっ」

「なんだ、聞いてなかったのか？」

咎《とが》めるような声に、結衣は慌てて首を左右に振った。

「ご、ごめんなさい。ちょっと考え事してて……」

結衣が震え声を出すと、ウィリアムが宥《なだ》めるように肩を押さえる。

「ユイ、話が急すぎて、怖くなった？」

「ウィリアム……」

「何もかも私に任せておけば大丈夫だ。君は何も心配しなくていい。わかったね？」

ウィリアムは横からじっと見つめてくる。

青い瞳には優しさが込められており、芽吹いた不安が跡形もなく消えていく。

ほうっと肩の力を抜いた結衣に、侯爵が言葉をかけてきた。

「ユイカ、結婚を承諾したなら、夫となる者の言葉に従うがいい。ウィリアム、ユイカはまだ子供なところがあるようだ。ハミルトン家の者として恥ずかしくないように、おまえが教育してやってくれ」

「承知しました、大叔父上」

「ユイカもそれでいいな？」

改めて念を押され、結衣は頷いた。

「……はい、お祖父様」

「おまえの花嫁姿を見るのが楽しみだ。おまえの父親は結婚する前に家を出ていってしまったからな」

しみじみとした声で言われ、結衣は再び胸をざわめかせた。

侯爵が楽しみにしているというなら、やはりもう少しの間は身代わりを務めたほうがいいのだろう。

ウィリアムがどんな幕切れを考えているかわからないが、彼にすべてを委《ゆだ》ねれば大丈夫。心配なことは何もないはずだ。

†

病院からハミルトンの城へ戻り、結衣はやっとウィリアムとふたりきりになった。

人目のある場所では憚《はばか》りがあって訊けないことも、私室でなら答えてもらえる。

「あの、ウィリアム、いくつか訊きたいことがあるんだけど」

「ああ、ユイが訊きたいことはわかっている。全部話すから、そこに座って」

「はい」

結衣はウィリアムと並んで窓際近くのカウチに腰を下ろした。

まだ午後も早い時間なので、窓からは温かな陽《ひ》が射している。

間近でウィリアムの端整な顔を見ると、結衣の胸は条件反射のように高鳴った。

「あの、結婚式のことですけど、本当にやらなくちゃいけないんですか？」

「ああ、やったほうがいいだろうね。私が爵位を継ぐのは、君との結婚が条件になるからな」

一番気になっていたことをあっさり認めたウィリアムに、結衣はため息をついた。

「ウィリアムは本当に侯爵になるの？」

「ああ、なるだろうね」

「だって、爵位なんてどうでもいいって言ってたのに」

「やっぱり気になるのはそこか……」

ウィリアムはおどけたように言い、ふわりと魅力的な笑みを浮かべた。

青い瞳とまともに視線が絡むと、心臓がドキドキしてしまう。

まるで本当にウィリアムに恋してしまったかのように、胸が高鳴った。

「これからのことを少し話しておこうか」

「うん」

「ユイが気にしているのは結婚のこと？　それとも私が爵位を継ぐこと？」

「……両方、かな。だって、ぼくは唯花じゃないんだから、これ以上みんなを騙すなんて、よくないんじゃないかと思って」

結衣は首を傾《かし》げて言った。

ウィリアムはさりげなく結衣の肩を抱き寄せる。

「確かに君はユイカじゃない。しかし、侯爵は君をユイカだと認めた。だから、ハミルトンのすべての資産を継ぐのは君になる」

「ええっ」

とんでもないことを聞かされて、結衣はぎょっとなった。

それじゃ、本当に詐欺ではないか。

しかし、ウィリアムには少しも悪びれた様子がない。

「ユイ、君にも説明しておくべきだったな。ハミルトン侯爵家は莫大《ばくだい》な資産を有している。この城をはじめとする不動産もそうだが、財閥として経営している会社は数え切れないほどある。しかし、不動産には恐ろしいほど高額な維持費がかかる。もし今ある資産だけで、それを支払っていくとなると、侯爵家はすぐに破産宣告をするはめに追い込まれるだろう」

ウィリアムの説明に、結衣は黙って頷いた。

維持費のせいで城を手放さなくてはならなくなった貴族がどれほどいるか。庶民の結衣にだって簡単に想像がつく。

「侯爵は優れた経営手腕を持つ人だった。彼の跡を誰が継ぐことになるか……それは今後のハミルトンを左右する重大な問題なのだ」

「でも、会社のトップを決めるのとは違うんだよね？　一族のうちの誰かが、ってことで」

「ああ、そうだ」

「それなら、ウィリアムが継げばいいんじゃないの？　だってチャールズより、うまくやっていける自信があるんでしょう？」

結衣が無邪気に訊ねると、ウィリアムはふっと苦笑する。

「ユイにかかると、かなわないな。確かにチャールズに任せるより、うまくやる自信はあるが、私の場合は出自に問題がある。私の祖父は、現侯爵の兄だった。しかし、兄と言っても最初は嫡出子として認められていなかった。いわゆる愛人の子という立場だったのだ。生まれた時に貼られたレッテルは、孫の代になっても外れていない。私では爵位を継ぐのに相応《ふさわ》しくない。皆はそう考えている」

ウィリアムの言葉は淡々としていたが、底には何か冷ややかなものが流れていた。

もしかしたら自分にはまったく責任のないことで、苦労を重ねてきたのかもしれない。

「他に候補だった人は？」

「すでに高齢だが侯爵の弟ふたりと彼らの子供。チャールズは、ケイフォード家に嫁いだ侯爵の妹の孫だ。他にも数え上げれば切りがないほど候補者がいる。まあ、自分こそその権利を持つと名乗りを上げている者は限られるが……」

結衣はため息をついた。

これでは昔のお家騒動みたいなものだ。

「でも、有力候補はウィリアムとチャールズだったんでしょう?」

「君は鋭いな。立場的にいえば、どちらも少し難があった。しかし君の言うとおり私とチャールズが一番有力な候補者だと見られていた」

「だから皆さん、ユイカの存在に神経質になっていたんですね。ウィリアムがぼくと……じゃなくてユイカと婚約したことで有利になったたって」

何気なく発した言葉に、ウィリアムはすっと表情を硬くした。

「そうだよ、ユイ。私は君という強力なカードを手に入れた。これで爵位を継ぐのになんの問題もなくなった。私は最初から君を利用しようと思っていたのだ。呆《あき》れたか、ユイ?」

冷ややかな言い方に、結衣はびくりとなった。

ウィリアムの青い瞳も何故《なぜ》か氷のように凍《い》てついている。

それでもウィリアムは少しも視線をそらさず真《ま》っ直《す》ぐに自分を見つめていた。

最初から利用するために近づいた。

そう明かされて、結衣の気分は落ち込んだ。

ウィリアムは、善良で優しいだけの人ではない。それどころか打算的で、平気で人を利用できる冷たい人間だったのだ。

でも、結衣にはやはり信じられなかった。

きっと他にも何か理由があるはずだ。だからウィリアムは、こんなにも真っ直ぐに自分を見つめているのだろう。

冷たい印象は受けるけれど、ウィリアムの瞳に曇《くも》りはない。

「ぼくは……いいです。それでも……。人を騙すなんてひどいやり方だと思うけど、ウィリアムがそうしたいなら、ぼくも一緒でいい。ウィリアムの味方になるから」

結衣がそう口にすると、ウィリアムははっとしたように息をのんだ。

「ユイ、君は私を許すというのか？　君を騙すような真似《まね》をしたのに？」

「ぼくはウィリアムに騙されたなんて思ってない。だって唯花の身代わりになるのは、唯花のお祖父様のためっていうより、ウィリアムと一緒にいたいからって気持ちのほうが強かったもの」

そこまで口にしたところで、結衣はふいに抱きしめられた。

「ユイ、ありがとう。君を愛している」

熱烈な言葉に結衣は頬を熱くした。

でも、間違えたりはしない。

今の「愛している」は、家族や友人に向けての言葉と同じだから。

「ウィリアムはハミルトン財閥のために爵位を継ぐ。そのために唯花の身代わりが必要だった。でも、爵位を継ぐのはもう決まったんだから、結婚式まで挙げる必要はないんじゃない?」

結衣の質問に、腕をゆるめたウィリアムはゆっくり首を左右に振る。

「君という後ろ盾があってこそ、皆は私が侯爵になるのを渋々でも認めるのだ。ユイ、悪いが私につき合ってくれる気なら、結婚式までユイカでいてほしい」

「だけど、法的なことはどうするの? ユイカ・ハミルトンはもうこの世にいないんだよ? ぼくはハミルトン一族じゃない。ただの結衣だ」

「ユイ、それは大丈夫だ。君は詐欺になるんじゃないかと気にしていたが、法的なことは私がすべて処理する。それに、財産が君のものになるとかいうのは、侯爵の死後の話だ。大丈夫。侯爵はまだ生きている。入院はしていたが、すぐには死にそうにないほどお元気だよ」

結衣は目の前がぱっと明るくなったような気分になった。

侯爵はまだ生きている。なのに、遺産の行方を心配するなんて、どうかしていたとしか思えない。

「それじゃ、結婚式を挙げるのは、ウィリアムが侯爵になるのを、一族の皆さんに認めてもらうため?」

「ああ、そうだ。だからもう少し君に手伝ってほしい」

「わかりました。そういうことならもう少し頑張ってみるね」

気にかかっていたことが解消し、結衣は晴れ晴れとした笑みを向けた。

するとウィリアムの腕が伸びて、ぎゅっと抱きしめられる。

「ユイ、愛している」

「え……」

「侯爵にも言われただろう？　ハミルトン家の……いや、侯爵の花嫁として恥ずかしくないように色々覚えないといけないと……いや、それより花嫁の心得のほうが先か……」

「ウィリアム？」

耳元で甘く囁《ささや》かれ、胸がドキドキしてくる。

別に変なことを言われたわけでもないのに……。

「ユイ……レッスンしようか」

「ウ、ウィリアム……」

ウィリアムの声は何故か熱を帯びているように思え、結衣は小刻みに震えた。

ハミルトン家に相応しい花嫁の役――。

それをこなすために必要なレッスンなら、受けないといけないだろう。

「な、何をするの？」

結衣は掠れた声で訊ね返した。

「愛し合い方を教える……いいね？」

ウィリアムは結衣の耳に息を吹き込むように囁いた。

「えっ？」

驚いた結衣に抵抗する暇さえ与えず、ウィリアムが唇を塞《ふさ》いでくる。

ぬるりと舌を挿《さ》し込まれ、結衣は抗議することすらできなくなった。

甘く舌を絡めるディープキスは、すでにたっぷり教えられている。結衣は苦もなく陥落して、淫《みだ》らな喘《あえ》ぎ声を漏らすだけだった。

「んぅ、んっ、ふ、くぅ……っ」

カウチに腰かけているからまだいいが、身体《からだ》から力が抜けてしまう。

ウィリアムに口中を探られるたびに、奥深い場所で熱い疼《うず》きが生まれた。

「ん……は、っ……」

唇が離されても、しばらくは息が整わない。

激しく胸を喘がせながら、結衣はぐったりとウィリアムに縋《すが》りついた。

「ユイ……ここでは最後までレッスンができない。寝室へ移動しよう」

「えっ、そんな……っ」

何が起きようとしているかわかった結衣は、息をのんだ。

けれどもその隙《すき》にウィリアムはすっとカウチから立ち上がり、結衣の両膝をすくい上げて横抱きにする。

「ま、待って、ウィリアムっ」

結衣は激しく身をよじった。

「暴れると落ちるよ、ユイ」

ウィリアムは含み笑うように言って、結衣を軽々と隣の寝室まで運ぶ。

天蓋《てんがい》付きのベッドの上に下ろされて、結衣は縋るようにウィリアムを見つめた。

「いやだ、ウィリアム……こんなことまでできない」

ウィリアムは青い瞳で優しく見つめ返してくるが、身を横たえた結衣を逃さないように両腕で堰《せき》を作っている。

「どうして？　ユイは私の花嫁になってくれると言っただろう」

「だって、あれは便宜上のことで……」

「便宜上？　ユイにとってはそれだけ？」

含みがあるような訊《き》き方をされ、結衣は何故かどぎまぎしてしまう。

「私は本当にユイを愛している。だから、ユイを本当の花嫁にしたい。子供の頃もそう約束しただろう？」

「だって、あれは……っ」

子供の頃、ウィリアムは結衣が男だとは知らなかった。それに今だってウィリアムが必要としているのはユイカ・ハミルトンという名前だ。

「ユイ、今の状況でこんなことを言っても信じられないかもしれないが、私は君自身を愛している。だから本気で君を花嫁にしたいと思っているのだ」

「そんな……っ」

思いがけない言葉に、結衣は息をのんだ。

「やっぱり、信じられない？」

ウィリアムは悲しげに言うが、結衣にはなんとも判断がつかなかった。

「だって、こんなのおかしいでしょ。ぼくは唯花じゃないし、男だし」

「ユイ、愛し合うのに男も女も関係ない。そう言わなかったか？　忘れてしまったなら、もう一度それから教えてあげよう」

「あ……ウィリアム……」

懇願するように名前を呼んだけれど、ウィリアムの手は止まらなかった。

後ろへ腰を退いても、ベッドの上では逃げ場がない。

それどころかウィリアムはワンピースの裾からそっと手を潜り込ませてくる。

「ああっ」

いきなり熱くなった下肢《かし》に触れられて、結衣は高い声を放った。

さっき、ちょっとキスされただけでそこが変化していた。それをウィリアムに知られてテしまったのだ。

けれどもウィリアムは、すぐには中心に触れずに、腿の付け根の際どいあたりを意味ありげに撫《な》でているだけだ。

「やっ」

結衣は恥ずかしさのあまり、ぎゅっと両膝を閉じた。

けれども、その一瞬前にウィリアムの手が間に移動していたため、両足で挟み込んでしまうことになった。

大きな手のひらでちょうどその部分を包み込まれる形になって、結衣はどうしようもない羞恥に駆られた。

「積極的だね、ユイ」

くすりと含み笑うように言われ、さらに恥ずかしさが増す。

「やっ」

ふるふる首を振っても、ウィリアムはやわらかく微笑んでいるだけだ。

「ユイ、ずっと私の手を挟み込んでいる気か？　ぎゅうっとされてると手を動かせないんだが」

「そ、そんなっ……違……っ」

「それなら、力を抜いて足を広げてごらん」

ウィリアムに宥《なだ》めるように言われ、結衣は仕方なく両足に込めた力をゆるめた。

でも、余裕ができるとウィリアムの手は我が物顔で動き出す。

下着に長い指が二本かかり、するっと下にずらされると、張りつめたものがふるりと揺れて勃《た》ち上がる。

「ああっ」

結衣は恥ずかしさのあまり、懸命に腰をよじった。

「どうした、ユイ？　キスした時からここを熱くしていたんだろう？　ユイはいつも感じやすい。キスだけですぐにこうなるのは、もう知っているよ」

どうしようもない羞恥で死にそうなのに、ウィリアムの手はいやらしく動き始める。

直に中心を握り込まれ、結衣は泣きそうな声を上げた。

「やっ、駄目……っ」

結衣はウィリアムの腕をつかみ、懸命にどかそうとしたが、大して力は入らない。

「どうしていやなの？　ここを弄《いじ》られるの、好きだっただろう？」

ウィリアムはことさら優しい声を出しながら、手にしたものをやんわり刺激する。

結衣は瞬《また》く間に最大まで張りつめて、もうやめてくれとも言えない状態になってしまった。

でもウィリアムの手で愛撫《あいぶ》されて気持ちよくなるなんて、許されないことだ。

けれど罪の意識に駆られると、よけい感覚が鋭くなる。指を揃えた状態で、表面をそろりと撫でられただけで、もう弾《はじ》けそうになってしまう。

だがウィリアムは絶妙のタイミングで結衣の中心から手を離す。

「あっ、やあっ……」

達く寸前で愛撫を止められた結衣は、思わず腰を突き上げた。

「可愛《かわい》い反応だね、ユイ……だけど、今日のレッスンはもっと先まで進めないといけないから、今は我慢しなさい。他のところも気持ちよくなるように触ってあげよう」

上機嫌な様子で言うウィリアムを、結衣は涙の滲《にじ》んだ目で見つめた。

ウィリアムはターゲットを上半身に変えたようで、ドレスの上から胸を撫でてきた。

いつも着ているものとは違い、今日のドレスには上げ底がされていない。恥ずかしかったけれど、結衣はきちんと女性用のブラをして、その中にたっぷり詰め物をしていた。

だから撫でられたといっても大丈夫なはずなのに、ウィリアムの手が動くたびにびくりとなる。

「ユイ、ドレスは脱いでしまおうか」

にっこりと、なんでもないふうに言われ、結衣は慌てて首を左右に振った。

「や、駄目っ」

「どうして？　ドレスの上からだと、ちゃんと触ってあげられない。さあ、いい子だから私の言うことを聞きなさい」

ウィリアムは優しい声を出しながら、結衣の背中に手を挿し込んだ。ファスナーがあるのは背中側だ。そしてウィリアムは僅《わず》かにできた隙間で器用に手を動かして、そのファスナーを下げてしまう。

「ねえ、もうやめようよ」

「これは花嫁になるためのレッスンだ」

「だって、おかしいよ。ぼくは男なのに……っ」

結衣は懸命に訴えたが、それでもウィリアムの動きは止まらない。

ドレスを前に引かれると肩が剥《む》き出しになり、袖《そで》も片方抜かれてしまう。肌が露出して女性用のブラをつけているところまでウィリアムの視線にさらされた。

「ユイは本当に肌がきれいだ。こうして撫でているだけでも気持ちがいい。ああ、肌がほんのり桜色になってきたね」

「ウ、ウィリアム……お願い……っ、もうやめて」

この行為で結衣が羞恥を感じていることを、ウィリアムはよくわかっている。そして意地悪にも、言葉でもっと結衣を煽《あお》ろうとしているのだ。

ウィリアムに触れられるとおかしくなる。自分の身体がどうなってしまうのだろうと思うと、怖かった。

「ユイ、潤《うる》んだ目で私をにらむと、よけい煽られているのかと誤解するよ」

「やだ、そんなことない。違う」

「でも、ユイのせいで私はもう加減がきかなくなったようだ」

「そんな……っ」

「さあ、これは邪魔だからずらしてしまおう」

声とともに、詰め物ごとブラを上にずらされる。

左の胸だけ乳首が露出して、結衣はさらに淫らな格好になった。

ドレスの裾《すそ》を腰までまくり、下着の上部から張りつめたものが飛び出している。そのうえ左の胸だけ乳首を出しているという格好だ。

残ったドレスは中途半端に身体を覆っているだけで、全裸になったより、もっと恥ずかしい気がした。

「いやだ、やめて、ウィリアム」

羞恥で唇を震わせると、完璧《かんぺき》な美貌を誇る顔に楽しげな微笑が浮かぶ。

「ユイ、私の花嫁になってくれるんじゃなかったのか？　それとも昔の淑女みたいに、初夜を迎えるまで触っちゃ駄目だと、未来の夫を拒絶する？」

頬にゆっくり指先を滑らされる。唇の端まで達したかすかな感触に、結衣はこくりと喉を上下させた。

「花嫁になるのは形だけって」

「そんなこと言った覚えはないな」

「えっ」

「私はユイを愛している。だから、花嫁にしたいんだ。さあ、まずは口づけをもう一度」

「やっ」

両頬に手のひらを宛がわれて引き寄せられる。

形のいい唇が近づいて最初は軽く口づけられる。そして上唇から下唇と、順に口に含んで吸い上げられた。

ウィリアムはさらに唇を下に滑らせ、尖《とが》った顎《あご》から細い首筋へと軌跡を残す。

敏感な場所に触れられるたびに、結衣はぴくりと小さく震えた。

舌先は戯れるように白い肌を押す。軽く触れられただけなのに、まるで焼き印を押されたように肌が粟立《あわだ》ち熱くなった。

「あ……」

指先が喉から胸へと滑っていく。露《あわ》わになった小さな頂までその指が到達し、結衣は息をのんだ。羽毛が触れたかのような感触に誘われ、ちりっと先端が硬くなる。

「可愛らしく勃ち上がった。感度がいいな」

「や、だ……っ」

「何もひどいことはしていない。いやじゃないだろう。ユイの胸は初々しい花嫁らしく清楚《せいそ》な色をしている」

からかうような声音《こわね》に結衣は懸命に首を振った。

するとウィリアムはいきなり乳首をきゅっと摘《つま》み上げてきた。

「ここが真っ赤になるまで可愛がってあげようか」

「やっ、いやだ……ああっ」

結衣が懸命に上半身をよじると、ウィリアムは罰を与えるように指先に力を入れる。

きゅっと先端をねじられて、結衣は仰《の》け反《ぞ》った。

痛みのあとに、じいんとそこが痺《しび》れる感覚がある。恐怖を感じた結衣は思わず目尻《めじり》に涙を滲ませた。

「痛かった？　今度は優しく舐《な》めてあげよう」

言いながら、ウィリアムが頭を下げてくる。

じんじんしている先端をちゅくりと生温かい口中に含まれる。

「あ、は……あっ……ふ……っ」

ウィリアムの舌で弄《もてあそ》ばれて、硬くなっていた乳首がもっとしこってくる。

そのたびにずきんとした刺激が生まれ、全身に伝わっていく。弄られているのは乳首だけなのに、下肢にまで熱が溜まり、結衣は無意識に腰をよじった。

「気持ちよさそうだけど、片方だけじゃ駄目だな。こっちも可愛がってあげよう」

そう言ったウィリアムはドレスの上部を腰まで下げてしまう。結衣の胸は中途半端にブラを残しただけで、ほとんどが剝き出しになった。

　ウィリアムとは比べものにもならない貧弱な身体を見られるのは恥ずかしい。それに舐められたほうだけじゃなく、もう一方の乳首も硬くしこっている。

「もうこれ以上はいやだ」

「レッスンはまだまだこれからだぞ、ユイ」

「こ、こんなの、ひどいっ。もう胸はいやだ」

　甘えるように訴えると、ウィリアムはこれ見よがしにため息をつく。

「困ったな……それじゃ、少し早いかもしれないが、次に進もうか」

「な、何？」

　ウィリアムが何を企んでいるのかわからず、結衣は思わず目を見開いた。

「ユイ、しばらく触っていなかったのに、ずいぶん濡《ぬ》らしているね」

「えっ？」

「ほら、先端に蜜《みつ》が溜《た》まっている」

　ウィリアムはわざとらしく、濡れた先端を指でたっぷりなぞる。

「ああっ」

　ひときわ強い刺激に襲われ、結衣は高い声を放った。

「甘そうな蜜だ」

ウィリアムは金髪の頭を下げ、先端に口づけてくる。

「ああ……あ……いや」

そのあとすっぽりと全部咥《くわ》えられ、結衣はびくりと腰を浮かせた。

温かい口中に収まったものが、どくんとひときわ大きくなる。

ウィリアムは張りつめたものを舌で丁寧に舐めまわした。敏感なくびれを執拗《しつよう》に擦《こす》られ、先端の小さな窪《くぼ》みも舌先で探られる。

口淫《こういん》がもたらす快感はとても堪《こら》えようがない。

結衣は無意識に腰をくねらせ、ウィリアムの口に張りつめたものを押しつけた。

「ああっ、もうだめ……達《い》く……あ、いやあ――っ」

ぶるっと腰を震わせたとたん、ウィリアムの口が離れてしまう。

どうして達かせてくれないのかと、結衣は涙に曇《くも》った目でウィリアムをにらんだ。

「今日はもっと先までレッスンを続けると言っただろう。我慢できないなら、こうして根元を押さえていてあげようか」

ウィリアムの手できゅっと根元を締めつけられて、結衣は涙を溢れさせた。

「ううう……う、くっ」

弾ける寸前だったのに解放を阻《はば》まれて、頭がおかしくなりそうだ。

「もう少し我慢すればもっと気持ちよくなれる。いいね、ユイ?」

ウィリアムは宥めるように言いながら、空いた手を後ろのほうに移動させた。慎《つつ》ましやかな窄《すぼ》まりに何回か指を這《は》わせたあと、ウィリアムは結衣の呼吸を測るように、くいっと指の先を押し込む。

いきなり感じた圧迫で、結衣は腰を震わせた。

「やっ、いやあ……っ、そんなとこに入れないで」

結衣は首を振ったが、ぬめりを借りたウィリアムの長い指は、徐々に奥まで入ってくる。

「痛くはないだろう？」

「あ、く……っ」

大きく胸を喘がせているうちに、ゆるゆると中を探っていた指が特別敏感な場所を掠《かす》める。

「ああっ！」

結衣はびくんと腰を跳ね上げた。

電流のように鋭い刺激が身体の芯《しん》を貫く。

「見つけた。ユイの感じる場所だ」

ウィリアムは満足げに言って、再び同じ場所を指の腹で抉《えぐ》った。

「やっ、やぁぁ――っ」

結衣はあまりに強い刺激に怯《おび》えを感じ、必死に腰を引いた。でもウィリアムは特別に感じる場所を何回も撫でてくる。

中からポイントを押されると、前にまで強い刺激が伝わる。なのにウィリアムの指で張りつめたものの根元を押さえられているので達することができない。

「ユイ、もう少しだ。私の指だけ感じて……動きも覚えるんだ」

指は二本から三本と確実に増え、中を抉る動きも徐々に大胆になる。

「いやだ、もう……あっ、おかしくなる……うくっ」

縋るものがほしくて結衣は必死に手を伸ばした。そうして無意識にウィリアムに縋りつく。それでもウィリアムは結衣の中を指で掻き回し、出したり入れたりする特別な動きを教え込む。

結衣はいつしか、ウィリアムの動きに合わせるように、きゅっと指を締めつけていた。

「そろそろいいようだね。ユイ」

甘い声とともに、中を犯していた指が引き抜かれる。

「や……な、に……？」

結衣はとろんとした目でウィリアムの整った顔を見つめた。

ふわりと微笑んだウィリアムはゆっくりスーツの上着を脱ぎ、スラックスのベルトをゆるめている。

ぼんやり眺めているうちにウィリアムは再び結衣の上に覆い被《かぶ》さってきた。

「ユイ、いいね？」

「……ウィリアム……？」

許可を求められたが、結衣にはなんのことかわからなかった。

ウィリアムの手がかかって腰が持ち上げられる。そうして開かされた両足の間、ウィリアムの手でとろとろに蕩《とろ》かされたそこに、指とは違う何か別の熱いものが押しつけられた。

「あ……」

朦朧《もうろう》となっていた結衣はあまりの熱さに目を見開いた。

ウィリアムの真っ青な瞳と視線が合って、結衣の鼓動はさらに高鳴った。

「ユイ、愛しているよ。だから、私のものになってくれ」

熱っぽい囁きが耳に達した瞬間、狭い入り口が太くて硬いものでこじ開けられる。

「やっ、そんな……っ、あ、あぁ、あぁ――っ……」

ウィリアムの灼熱《しゃくねつ》は、圧倒的な力強さで結衣の中に入ってきた。

あまりに大きなもので犯されて、結衣は悲鳴すらも出せなくなる。

けれど結衣の身体のほうは、ウィリアムの指で教えられていた動きをいち早く思い出す。

「あ……あぁ、あっ」

「ユイ、素敵だよ。これで君は永遠に私のものだ」

最奥まで灼熱を届かせたウィリアムは、しっかり腰をかかえ、さらに深い結合を強《し》いる。

「あ、ふっ……くぅ……うぅ」

最初の衝撃が収まると、濡れて蕩けきった内壁がひくひくと反応を始めた。

狭い場所を無理やり広げられて苦しいのに、結衣の壁は巨大なウィリアムをさらに締めつけようとする。

「ユイは優秀な生徒だ。すごいよ」

「や、何これ……やだ……苦しい……」

「苦しいだけじゃないだろう、ユイ。君はすごく私を締めつけてくる。さあ、力を抜いて、私が中にいるのを感じてごらん。もっと気持ちがよくなるはずだ」

ウィリアムは甘い声で言いながら、結衣の中心をやわらかく握りしめた。

「あっ」

馴染《なじ》みのある快感に、結衣はぶるりと震えた。

そのとたん、身体の奥でも信じられないほどの快感に襲われる。

「そう、それでいい。ユイ、私がいるのがわかるね？」

ウィリアムはゆるく腰を揺らしながら、汗で湿った髪を梳《す》き上げてくる。

結衣は涙で曇った目で、必死にウィリアムの青い瞳を見つめた。

「ウィリアム……」

「ユイ……私の花嫁……これが私だ。いいね。ちゃんと覚えなさい」

優しげな声なのに、ウィリアムは圧倒的な力で結衣を支配する。

ゆっくり深く貫かれると、それだけでまた身体中の熱が呼び覚まされる。

「ああっ」

ウィリアムが出ていこうとする時は、灼熱を引き留めようと、いっせいに内壁がざわめいて太いものにまとわりついた。

「可愛いユイ、愛している。これでもう君のすべては私のものだ。いいね、ユイ。私が君の夫になる男だ」

「あっ、ああっ、……あふっ、……くっ、ううぅ」

ウィリアムの動きに合わせ、結衣は淫らな喘ぎ声を上げた。

もう苦しさよりも気持ちよさのほうが上回っている。ウィリアムに最奥を掻《か》き回されると、たまらなく気持ちがよかった。

「ユイ、さあ、私と一緒に達くんだ」

次の瞬間、今までで一番深い場所まで腰を入れられる。

中のウィリアムが最大まで膨れ上がったせつな、結衣は勝手に欲望を弾けさせていた。

「いっ、やあ、ぁ――……っ」

太いもので芯まで完全に貫かれながら、すべてを吐き出す。

ほとんど同時に、ウィリアムの熱い奔流も結衣の最奥に浴びせられる。

受け止めきれない悦楽で頭が真っ白になった。

がっくり仰け反った身体をさらに強く抱きしめられる。

「これで全部私のものだ」

「あ、あ……あ、ふ……んうぅ」

そうして喘ぎさえものみ込むように唇も塞がれた。

6

ハミルトンの城では侯爵の快気祝いのパーティーに備え、使用人が総出で準備にかかっていた。

ウィリアムと結衣が連れ立って侯爵を迎えにいったのは三日前のことだ。

侯爵が城に戻ったと同時に、チャールズをはじめとする一族の者たちは、いっせいに侯爵の部屋へ押しかけようとしたが、ウィリアムは強硬にそれを阻止した。

「侯爵はまだ安静が必要な状態です。皆さんと話をなさるのは、明後日《あさって》のパーティーまでお待ちください」

「なんの権利があって、おまえがそこまでする？」

チャールズは顔色を変えて攻撃してきたが、ウィリアムは一貫して冷ややかな態度を貫いた。

「侯爵のご意向です。話を聞くのはパーティーが終わってから。そういうふうに指示されましたので」

ふたりは結衣の目の前で、激しく火花を散らした。互いに一歩も退かずに対峙するふたりに、結衣は胸の内で大きくため息をつくしかなかった。

ウィリアムが爵位を継ぐのはもう決まったことだ。チャールズに巻き返しのチャンスはない。それを知る結衣は、なんとなく複雑な思いに駆られていた。

チャールズが言っていたように、ウィリアムはユイカという存在を手に入れて、己の野心に利用した。しかし言葉など飾らなくても、ウィリアムは最初から自分に非があることを認めている。

結衣はあれからもう何度もウィリアムに抱かれていた。

自分はユイカの身代わりにすぎないのに、ウィリアムに花嫁として抱かれる。

こんなおかしなことはないはずだ。それでも結衣は徐々に身体を開かれて、もうウィリアムに抱かれることに喜びを覚えている。

これはいけないことだ。間違っている。

ウィリアムに味方すると決めたのは自分だけれど、本当にそれでよかったのだろうか。

色々気になったり考えたりすることはあるのだが、結局結衣は何も言い出せず、ウィリアムに流されるままになっていた。

「はあ……ぼくって、こんなに快楽に弱いやつだったのかな……」

プレーンなシャツワンピースに細身のパンツを合わせた結衣は、侯爵の部屋へと向かいながらため息をついた。

ウィリアムに頼まれて、侯爵の話し相手を務めているのだ。

最初の会見の時以来、侯爵は過去のことに触れてこない。だから、さほど緊張することもなく、侯爵と話すのが楽しみになっているくらいだ。

ウィリアムは爵位を継ぐ準備で忙しいのか、日中は城にいないことのほうが多い。しかし、この日結衣は、もう少しで侯爵の部屋といったところで、チャールズに呼び止められた。

「ユイカ、また侯爵の部屋へ行くのか？」

廊下の曲がり角からふいに姿を現したチャールズに、結衣は警戒を強めた。

「そんなに身構えることはないだろう。おまえは俺の又従妹。前にもそう言ったはずだ」

チャールズはカジュアルなスーツをわざと着崩《きくず》して、こなれた雰囲気を出している。

チャールズは長身でハンサムだ。ウィリアムがそばにいる時は若干影が薄くなるが、ひとりでいれば、かなり魅力的な男性だった。

「侯爵には会えませんよ」

そばまで歩いてきたチャールズに、結衣は先回りして答えた。

するとチャールズは苦笑する。

「俺はおまえのこと、嫌いじゃないが、おまえにはすっかり嫌われているな」

「別に、そんなことはありませんけど」

結衣は用心深く応じた。

「おまえにはこの間のこと、礼も言ってなかった。侯爵の部屋へ行く前に、少し話ができるか？」

面と向かって頼まれれば、いやとは言えない。

結衣が渋々ながら首を縦に振った。

「また庭にでも出るか」

「はい、でもお祖父様をお待たせしたくないので、手短にお願いします」

チャールズはそれには答えず、先に立って庭へのドアに向かう。

そこから出た先には、幾何学模様に整えられた庭が広がっていた。中央に見える生け垣の中は巨大な迷路になっている。

チャールズはその迷路を目指しているようだが、結衣はさほど警戒もせずについていった。

「ここ、来たことあるか？」

「いいえ、初めてです」

「俺は何度もここで道に迷った」

面白くもなさそうに吐き出したチャールズに、結衣は思わず頬をゆるめた。

きちんと刈り込まれた植木が両側に高い壁のように続いている。葉が密に繁っているので、向こうは見えない造りだった。小径は突き当たりで左右に分かれ、そこからまた折り返してくるようになっているが、正しい通路を選択しないとこの迷路からは出られない。

「あなたはずっとこの城に住んでいたのですか？」

「いいや、生まれたのは母の実家だ。しかし十歳の頃、母に命じられてこの城に来た」

「お母様と一緒に？」

「いや、送り込まれたのは俺ひとりだ。スコットが城から出ていったから、ハミルトンの爵位を継ぐのはおまえになると言われたんだ」

「そんな小さな頃から……」

まるで仲のいい友人同士のように肩を並べて庭を歩く。

最初に散々嫌われたから、こうして普通に話せるのが不思議な気分だった。

「おまえはずっと日本で育ったのか？」

「はい、母と……、いえ、両親が亡くなってからは祖母や叔母と一緒に暮らしてました」

チャールズが珍しく親しみやすかったので、つい気が緩んでしまった。うっかり本当のことを言いそうになって、結衣は冷や汗をかいた。

「俺はこの城と実家を行ったり来たりしていた。スコットが……おまえの父親がいなくなって、母は俺にも爵位を継ぐチャンスが巡ってきたと野心を持った。侯爵の近くでその準備をしろと……俺は単純に、将来は侯爵になるのだと信じて学業に精を出した。貴族的な振る舞いを身につけ、他にも色々とな」

「大変だったんですね」

結衣も今、上流社会のマナーを色々と教えられている最中だ。

「別にたいしたことではない。まわりの大人も将来侯爵となる俺には一目置いているようだったし、そういう意味ではやり甲斐《がい》もあると思っていた。だが、大学に入った頃、あいつが城に引き取られてきた」

「ウィリアムが？」

「ああ、そうだ。奴は俺よりもうまく侯爵に取り入り、早くから事業の手伝いをするようになった。まわりは認めなかったが、ウィリアムはいつの間にか財閥の中枢に居座るようになったんだ。奴は、爵位などどうでもいいと公言し、その一方で、あらゆる手段を講じてそれを手に入れようと画策していたというわけだ。あいつの強引なやり方に、一族の者は皆、反《はん》撥《ぱつ》を覚えている。だから彼らは、ウィリアムよりも俺に爵位を継いでほしいと思っているんだ」

チャールズの口調は何故か皮肉げだった。

小さな頃から侯爵になるのだと教えられて育ったなら、もっと熱意があってもいいのではないだろうか。チャールズが反撥を覚えているのは、ウィリアム個人に対してのような気がして仕方がなかった。

もしかしたらと思いつき、結衣はチャールズの本音を訊ねた。

「あなたは今でも侯爵になりたいんですか？　それが子供の頃からの夢だったから？」

チャールズは驚いたように足を止め、結衣を見下ろす。

「何故《なぜ》、そんなことを訊く？」

「え、だって、侯爵になったからといっても、いいことばかりではないでしょう？　重い責任を持つことになるのだから、かえって爵位などないほうが自由でいられていいのかもしれないって思って……」

結衣は思ったとおりを口にした。

チャールズが敵視しているウィリアムだってそうだ。個人的な名誉のために、侯爵になりたかったわけではないだろう。

しかし、それまで友好的だったチャールズの雰囲気は一変した。

「おまえに何がわかる？　おまえは早くに両親を亡くしたかもしれない。しかし、ただぬくぬくと、なんのプレッシャーもなく育ったんだろう。貴族社会のことは何も知らないくせに、わかったふうな口をきくな」

冷ややかに吐き捨てられて、結衣ははっとなった。

「ご、ごめんなさい。よけいなことを言って」

慌てて謝ったけれど、チャールズの親しみやすさはもう消え失せていた。

「ユイカ、侯爵の許可を得て、ウィリアムと正式に婚約するそうだな。しかし、これだけは言っておく。おまえは幸せにはなれない。ウィリアムには昔から心に秘めた女性がいるからな。もちろんあの見かけだ。それに侯爵になれば、さらに魅力的な女性たちがウィリアムに群がってくる。おまえは無垢《むく》で可愛いが、それだけで、百戦錬磨の女性たちに太刀《たち》打ちできるとは思えない。しかし、まあ、せいぜい頑張ることだな」

厳しい言葉に結衣は息をのんだ。

ウィリアムには心に秘めた女性がいる？

衝撃を受けたのはその一点だ。

そんな女性がいるなら、どうしてウィリアムは自分を抱いたのだろう？

それに芝居とはいえ、自分と婚約したことも間違っている。

大地がぐらりと揺れる感覚があって、結衣は目眩《めまい》を起こしそうになっていることに気づいた。

それなのにチャールズは結衣を置いて、向こうへ行きそうになっている。

気分が悪く、倒れそうになった結衣は、懸命にチャールズを呼び止めた。他に助けを求められる者はいない。

「チャールズ……待って」

「ユイカ？」

振り向いたチャールズは驚いたように駆け戻ってくる。

結衣は倒れる寸前で、チャールズに縋るように抱きついた。

「どうした？」

「ご、ごめんなさい。急に気分が悪くなって……」

チャールズは紳士的に結衣を支えて気遣ってくれる。

「少し先にベンチがある。そこでしばらく休めばいい」

「あ、ありがとう」

結衣はチャールズに肩を抱かれ、辛うじて歩を進めた。

言葉どおり次の突き当たりを曲がると、休憩用のベンチが設けてある。

そこに腰を下ろし、結衣はようやくひと息ついた。

「ウィリアムに女がいるとわかったのが、そんなにショックだったのか？」

ベンチに並んで腰かけたチャールズが呆れたように訊ねてくる。

「……え？」

「その話を聞いて倒れそうになるほど、ウィリアムを愛しているのかと訊いている」

結衣はますます呆然となった。

ウィリアムを愛している？

——ユイ、愛しているよ。

ウィリアムは何度もそう囁いてくれた。

でも、あの言葉に意味はなかったはず。なのに、まさか自分のほうがウィリアムを？

自分の心の中を覗き込んだ結衣は、わなわなと唇を震わせた。

そうだ。自分はウィリアムが好き。いつの間にか、そういう意味で好きになっていた。

ウィリアムに抱かれていやじゃなかったのも、彼のことを愛していたからだ。

「おい、泣いてるのか？」

「え？」

慌てたようなチャールズの声に、結衣はびくりとなった。

ふと気づけば涙が頬を伝っている。

「ご、ごめんなさい。なんでもないからっ」

結衣は慌てて頬を拭った。

だが、涙はあとからあとから溢れてくる。

「おいおい、まったく……泣いてどうなるってものでもないだろ。ともかく、まだ時間はある。ウィリアムとのことは、もう一度考え直してみろ。おまえは俺の言うことをまったく信じようとしなかったがな」

チャールズの声は淡々としていたが、結衣を慰めようとの気持ちが込められていた。

悪い人ではないのだ。

もし、ウィリアムという傑出した人間がいなければ、彼はいい侯爵になったのではないだろうか。

「あの……教えてください」

「なんだ？」

「ウィリアムの……ウィリアムが好きな人って、誰ですか？」

結衣は胸の痛みを必死に堪えながら訊ねた。

ウィリアムに直接訊いたほうがいいのかもしれないが、彼を愛していると気づいた今、とてもそんな勇気はない。

「俺も詳しくは知らない。だが、共通の友人から聞いた話では、ウィリアムは学生の頃、その人に出会い、今でも彼女だけを一途に思っているそうだ。何か事情がある女性らしく、ふたりの関係は公にできないとか。もしかしたら人妻とか、まあ、そんな事情だろうな」

「人妻……？」

「社交界ではよくある話だ」

チャールズは短く答え、それから改めて結衣の顔を覗《のぞ》き込んでくる。

「おい、目眩はどうなった？　まだ気分が悪いのか？」

「すみません。大丈夫、みたいです」

「それなら、もう戻るぞ」

チャールズはそう言ってベンチから立ち上がる。

ごく自然に差し出された手に、結衣は自分の手を預けた。

けれど、その時、底冷えがしそうなほど冷たい声が響いてくる。

「何をしている？」

「え？　あっ」

垣根の影からすいっと姿を現したのはウィリアムだった。

チャールズと繋《つな》いだ手に、鋭い視線が突き刺さる。

結衣はドキリとなったが、チャールズは余裕で手を離しただけだ。

「ユイは私の婚約者だ。勝手に連れ出すことは許さない」

ウィリアムはぐいっと結衣の手首をつかんで、自分のそばに引き寄せた。

「おい、ウィリアム。彼女は俺にとっても又従妹だぞ。話ぐらいしてもおかしくないだろう」

臨戦態勢に入ったチャールズは、嘲《あざけ》るように言ってのける。

「チャールズ、ユイは君の又従妹である前に、私の婚約者だ。それに大人《おとな》しく話していただけとはとても思えないが？」

「ま、待ってウィリアム！　チャールズは何も悪いことはっ」

結衣は焦り気味に叫んだ。

しかしウィリアムを宥めるどころか、逆に怒りを煽ってしまう。

「ユイ、君は泣いていたんじゃないのか？　それでチャールズを庇《かば》うとはどういうことだ？」

「こ、これはちょっと気分が悪くなっただけで……」

「無理やり何かされたのか？」

「ち、違います！　チャールズはぼくの面倒をみてくれようとしただけで」

結衣は必死に言葉を尽くした。

けれども、ウィリアムは取りつく島もない様子だ。

「たとえそうであったとしても、チャールズ、もう二度とユイには近づくな。声をかけるのも遠慮してもらおう」

「ウィリアム……っ」

あまりの横暴さに、結衣は息をのんだ。

ウィリアムは自分のために怒ってくれているのだろうが、これはやり過ぎだと思う。

「まったく……好きにするがいいさ」

さすがにチャールズも呆れたように両肩をすくめ、そんな捨て台詞《ぜりふ》を残して背を向ける。

ウィリアムはむっと黙り込んだまま、ずっとチャールズの後ろ姿をにらみ続けていた。

しばらくして、結衣はほうっと深く息をついた。

けれども興奮状態が収まると、また混乱した思いがぶり返してくる。

ウィリアムには本当に、秘密の恋人がいるのだろうか？

だったらどうしてウィリアムは、自分に愛しているなんて言うんだろう？

「ユイ、ほんとに顔色が悪いようだ。大丈夫か？」

ウィリアムは一変して優しい声をかけてくる。

じっと上から覗き込まれ、結衣は頬に血を上らせた。

こんな時になって、初めてウィリアムが好きだと気づくなんて、ひどすぎる。

「ユイ?」

「あ、……ごめん。もう行かなくちゃ。お祖父様が待ってらっしゃるから」

「気分が悪いなら無理をすることはない。部屋に戻って休みなさい。私が抱いて連れていこうか?」

ウィリアムは本当に心配そうに、額《ひたい》に手を当ててくる。ふわりと髪も梳き上げられて、結衣はまた涙が出そうになった。

ウィリアムの言葉を一途に信じていられれば、どんなにいいだろう。でも、チャールズが嘘《うそ》を言っているとも思えない。

「ぼく、大丈夫だから」

結衣は胸の痛みを堪えながら、そっとウィリアムの手から逃れた。

「ユイ、本当に何かあったんじゃないのか? 様子がおかしいぞ? 気分が悪くないなら、どうしてそんなに浮かない顔をしている?」

「なんでもないから」

結衣はウィリアムを見ないままでぽつりと答える。

けれども視線を合わせないことで、よけいにウィリアムの不審を招いてしまった。

「ユイ、頼むから言ってくれ。何か心配なことがあるのだろう? 皆に嘘をつかせていることが負担になっているのではないか? それとも私は気づかないうちに、何かで君を傷つけてしまったか？」

両手で頬を挟まれて、そっと上向かされる。そうなるともう視線をそらすこともできない。ウィリアムは青い瞳でどんなに小さな嘘も見逃さないといった調子で、じっと見つめてくる。

ウィリアムが好き。

だから、愛しているって、ほんとはどんな意味なのか教えてほしかった。

誰にも内緒にしている秘密の恋人がいるなんて嘘だ。そう言って安心させてほしかった。

だけど、こうしてウィリアムのそばにいられるのは、婚約者の振りをしているからだ。

唯花の身代わりでなければ、そばにいることさえ叶《かな》わなかっただろう。

それに、ウィリアムから返ってくる答えは同じだろう。

愛しているよ、と言ってくれて、優しく抱いてくれて、でも、それは結衣が婚約者という役を演じているからだ。

「ぼくは大丈夫……ウィリアムが……ウィリアムが好き……だから……だから、ちゃんと最後まで婚約者の役を演じるね」

結衣はギリギリと締めつけられるような胸の痛みを無視して、淡い笑みを浮かべた。

「ユイ……君は……」

ウィリアムは何か言いかけたが、結衣は急いで言葉を紡いだ。

「お祖父様の退院祝い、それと婚約発表、明日でしょう。だから、ちょっとナーバスになっていただけだよ？　ねえ、パーティーにはどんな人たちが招待されてるの？　ぼくも主役のひとりだから、そこで踊らなくちゃいけないんだよね？　ワルツはウィリアムが特訓してくれたけど、いざという時に上がっちゃったら、どうしようって、それで……」

脈絡もなく思いつくままにしゃべっていると、ウィリアムが何故か悲しげに目を細める。

「私はひどいことばかりしているな。君に無理やり大変な役をやらせて」

「ううん、いい。大丈夫だから」

結衣は首を振ってから、甘えるようにウィリアムの胸に顔を押しつけた。

そっと抱きしめられて、唇ではなく額にキスを貰《もら》う。

「愛しているよ、ユイ。もう少しの間だけ、我慢してほしい」

「うん……大丈夫……」

結衣はまた涙が出そうになって、それだけしか答えられなかった。

そう、もう少しの間だけは、ウィリアムの婚約者でいられる。

それなら、残り少ないその時間を大切にするだけだ。

†

ハミルトンの城では、古き良き時代そのままに、華やかなパーティーが執り行われた。

財界の重鎮でもあるハミルトン侯爵の退院祝いだ。シャンデリアが煌《きら》めく会場は、大勢の人々で賑《にぎ》わっていた。

夜会の前に行われた晩餐会《ばんさんかい》には二百人ほどの客が招待され、その後ボールルームに会場を移しての舞踏会。そこにはもっと大勢の着飾った人たちが集まっていた。

男性は最低でもディナージャケット。きちんとテールコートを着ている人も多い。女性はカラフルなイブニングドレス姿。若い女性だけではなく、年配の女性も思いきり着飾っているのが、日本とは違うところか。

結衣は清楚な純白のロングドレスを着せられていた。いつもどおり襟《えり》が詰まったデザインで、ハイウエストで切り替え、そこから流れるように裾が広がっている。ドレス自体はノースリーブだが、肘《ひじ》の上まで覆う手袋をつけているので肌の露出はほとんどなく、体型もちゃんとカバーできている。

けれども清楚なドレスは、結衣の初々しさを引き立てて、シルバーのテールコート姿のウィリアムに腕を取られて歩くと、まるで結婚式に望む花婿と花嫁のようだった。

さすがにブーケは持っていなかったが、その代わりに扇まで手にしているのだ。

ウィリアムにエスコートされ、結衣は色々な人たちに紹介された。しかし緊張していたせいで、ろくに顔も覚えられない状態だった。

「ユイ、そろそろ大叔父上のところへ行こう。これから発表しなくてはいけない」

「はい」

ウィリアムに促され、結衣はちょうど会場へと入ってきた侯爵の元へ向かった。

侯爵は顔色もよく、黒のテールコートを見事に着こなしている。

部屋で会う時とは違って、少し前まで入院していたとは信じられないほどの威厳を醸し出していた。

ウィリアムと三人が揃ったところで、楽団の音楽がやみ、いっせいに人々の注目が集まる。

用意されたひな壇に上った結衣は、さらに緊張を高めた。

最初にウィリアムがマイクを取り挨拶を始める。

「お集まりの皆様、本日はお忙しい中、侯爵ヘンリー・ロイド・ハミルトンのためにお集まりいただきまして、まことにありがとうございました。これから侯爵がご挨拶をさせていただきます」

言い終えたウィリアムは、そっと老侯爵にマイクを渡した。

「皆様、長い間、ご心配をおかけしましたが、こうして無事に退院することができました」

侯爵はぴんと背筋を伸ばし、流麗に挨拶を進めていく。

そして、その挨拶の終わりがけに、いきなりの爆弾発言を投げつけた。

「さて、皆様にここでひとつ発表しておきたいと思います。私、ヘンリー・ロイド・ハミルトンは、今日を限りに侯爵の爵位を、兄の孫であるウィリアム・ケネス・ハミルトンに譲ることとします」

侯爵の言葉に、会場中がいっせいにしいんとなった。誰ひとり物音を立てず、侯爵とウィリアムを食い入るように見つめる。

「ウィリアムは、長らく離れて暮らしていた私の孫、ユイカ・ハミルトンと結婚し、さらにハミルトン財閥の総帥の座も継ぐことになっております。これで私にはなんの憂いもなくなりました。お集まりの皆様も、私と一緒に若いふたりを祝福してやってください」

侯爵はそう話をしめくくった。

誰もが驚くばかりで、拍手をすることすら忘れている。それからしばらくして、ようやく会場中からどよめきが起きた。

「やはりウィリアムが侯爵になるのか。下馬評ではチャールズ・ケイフォードに分《ぶ》があるという話だったが」

「いや、鍵《かぎ》となったのは、ユイカ・ハミルトンだろう。侯爵の孫娘の婿になるのだから、誰にも文句は言えまい」

「しかし、あんな娘、いったいどこから現れたんだ？　なんだか異国の血でも混じっているような感じじゃないか」

「知らないのか？　スコット・ハミルトンは日本人女性と駆け落ちして廃嫡になったそうだ。あのユイカという娘は、まさしく侯爵の孫だよ」

囁きというには大きすぎる声があちこちで聞こえ、結衣はいたたまれなかった。

ウィリアムがしっかり腰を支えてくれていたので、辛うじて震えずにすんだようなものだ。

ざわめきは男性からだけではなく、女性たちからも聞こえてくる。

「ユイカ・ハミルトンですって？　あんな小娘がウィリアムと結婚？　信じられない」

「ウィリアムならば、将来侯爵になるかもしれない。そう思ってアプローチをかけていたのに、なんてこと。悔しいわ」

「ほんとに、今まで城で暮らしてもいなかったのに、いきなり現れてすべてを手にするなんて、まさしくシンデレラね」

「せめて、エリザベス・キャラウェイみたいな美人なら、諦《あきら》めもつくのに……」

女性たちの嘆きはウィリアムという魅力的な独身男性が他人のものになってしまうというところから来ているようだ。

本人に聞こえてしまうような距離で噂話をするなど、慎みに欠けた行為だが、結衣にも女性たちの心情はよくわかった。

贔屓目なしに見ても、ウィリアムほど素敵な男性はそうそういないだろうから。

そのウィリアムは自分が噂の的になっていることなど歯牙《しが》にもかけず、にこやかな笑みを向けてくる。

「ユイ、皆が期待しているようだから、一曲踊ろうか？」

「えっ」

最高に注目されている時に、ウィリアムと踊る？

結衣は恐ろしさで震えそうだった。しかしウィリアムはしっかり腰を支えたままで広間の中央へと結衣をエスコートする。

挨拶が終わって楽団がまた優雅な曲を奏で始めていた。ウィリアムに散々教えられていたワルツだ。

結衣は覚悟を決め、ウィリアムと向かい合った。

「ユイ、君は幸せな花嫁になるのだから、そんな顔をしていては駄目だ。もっと笑って」

「……はい」

そう返事はしたものの、緊張はまだ解けない。

するとウィリアムが顔を近づけてきて、耳元でそっと囁かれた。

「ユイ、愛してるよ」

鼓膜に達した声に、ドキリと心臓を高鳴らせた瞬間、耳朶《じだ》をぺろりと舐められた。

「あ……っ」

結衣はかっと頬を染めた。

次の瞬間、ウィリアムがさっとワルツのステップを踏み出す。

結衣は自然とそのウィリアムに身体を預けていた。

「どう？　緊張は解けた？」

「ひどい……あんな悪戯《いたずら》するなんて」

「でも、効果は抜群だっただろう？　初々しく頬を染めている今の君は、どこから見ても幸せいっぱいの花嫁だ」

ウィリアムはしれっと言いながら完璧なリードを取る。

結衣はただウィリアムに身を任せているだけでよかった。ダンスの特訓をしたとはいえ、まだぎこちなさは否めなかった。しかし今は優雅な音楽に乗って、ウィリアムとともに流れるようなステップを踏んでいる。

信じられないことに、ふたりのダンスに皆が注目しているのでさえ、気にならなくなっていた。

ウィリアムが好き。

その気持ちが許されるのも、今だからこそだ。

ウィリアムが正式に爵位を継げば、もう結衣の役割は終わる。だから今はよけいなことを考えず、ウィリアムに抱かれて踊る幸せを噛《か》みしめたかった。

クリスタルのシャンデリアが煌めく中で、結衣は無心にウィリアムと踊った。

素晴らしく見栄えのする新侯爵と、その初々しい婚約者。結衣とウィリアムは会場中が見守る中で優雅なワルツを踊り続けた。

二曲ほど続けて踊ったあと、ウィリアムは結衣を侯爵の元へとエスコートした。

「ユイ、私は少し財閥関係の来客と話をしてこなければならない。その間、君は大叔父上と一緒にいてくれるか？」

「わかりました」

「大叔父上、ユイをよろしくお願いします」

ウィリアムはそう言って、結衣を侯爵に預け、待ち構えていた何人かの男性客と一緒に会場から出ていった。

だが一緒にいるはずの侯爵の元には、次から次へと客が押し寄せてくる。

「お祖父様、ごめんなさい。少し席を外しますね。すぐに戻ってきますから」

「ああ、かまわんぞ」

侯爵の許可を貰い、結衣はひとりで歩き出した。

途中で何度も踊りの申込みを受けたが、上品にやんわりと断って、会場を抜け出す。

パーティー会場はメインのボールルームだけではなく、玄関横のグランドホール、それに広大な庭にも広がっている。大勢の来客のため、用意された控え室もかなりの数になっていた。どこへ行っても人の姿があって落ち着かない。結衣はせめて新鮮な空気でも吸ってこようと、屋外へ足を向けた。

会場として使われているのはボールルーム近くの庭だ。そこにも人がいるので、結衣はその隣の区画にある薔薇園《ばら》へと向かった。

本当は一度自室に戻りたいところだが、あまり時間を潰《つぶ》すわけにはいかない。それにウィリアムにエスコートされている時は平気だったのに、ヒールの高いサンダルで、足が少し痛くなっていた。

会場として使用している庭は煌々《こうこう》と灯《あか》りが灯《とも》されていたが、薔薇園には月明かりが射しているだけだ。

結衣は隅にあるベンチに腰を下ろし、ほっと息をついた。

今夜の発表でウィリアムが侯爵となることは、皆が知るところとなった。侯爵は結婚式も挙げろと言っていたが、そこまでやる必要はないだろう。

ウィリアムと少しでも長く一緒にいたいのは山々だが、皆を騙し続けるのも負担になってきている。

身代わりは、そろそろ終わりにしたほうがいいような気がする。

でも、先のことを考えると、胸を塞がれたように悲しくもなる。

ウィリアムと離れて、この先本当にひとりでやっていけるのだろうか。

結衣は憂鬱《ゆううつ》な気分でため息をついた。

その時、誰かが薔薇園へと近づいてくる足音が聞こえてくる。

婚約発表を終えたばかりの結衣がひとりでこんな場所にいては、不審に思われるだろう。

結衣はなんとか客をやり過ごそうと、息を潜めた。

「私をこんな場所まで呼び出すとは大胆すぎる」

「！」

耳に達したのはウィリアムの声だった。

横にいるのは金髪を結い上げ、赤い扇情的なロングドレスを着た女性だ。

「だって、こうでもしないと、なかなかあなたとふたりきりになれないんですもの」

その女性はウィリアムの腕に縋るようにして、思いきり甘い声で訴える。

「エリザベス、危険な真似《まね》はしないほうが、お互いのためだと思うが」

「そうね。苦労した甲斐があって、ようやくここまで辿《たど》り着いた。あなたは計画どおり侯爵になる。それで私たちはやっと幸せになれるのよ」

細い女性の声に結衣はわなわなと身を震わせた。

この人はいったい誰なんだろう？

「エリザベス、しかし……」

答えるウィリアムの声がふいに低くなって、何を話しているのかわからない。

「いやよ！　私はあなたを愛しているの。だから、あなたと幸せになりたいのよ」

高ぶった女性の声に、結衣は打ちのめされた。

もしかしたらこの人が、ウィリアムが長年心に秘めてきたという恋人なのだろうか？

ウィリアムは宥めるように女性を抱き寄せている。

結衣が座っているベンチは高い薔薇の木で影になっていたが、結衣の場所からふたりの様子はよく見えた。折からの月明かりが、彼らの影を濃く映し出している。

ウィリアムに引き寄せられた女性は腕を延ばし、自らウィリアムに口づけた。そしてウィリアムもそのキスに応《こた》えている。

結衣はきつく唇を噛みしめた。

見せつけられた現実に、胸の奥が大きくきしみを立てる。まるで心臓が無理やり捻《ねじ》られたかのような痛みを感じた。

やっぱりウィリアムには好きな人がいたんだ。

結衣は声も立てずに涙をこぼした。

他の人に口づけするウィリアムなんて見たくないのに、目が離せない。

ウィリアムは彼女の腰を支え、情熱的にキスを続けている。そしてずいぶん時間が経《た》ってから、ようやくキスを終えた。

「さあ、エリザベス。気が済んだなら会場へ戻ろう」

「これぐらいで気が済むはずないでしょう、ダーリン」

「さっきも言ったはずだ。危険な真似はしないほうがいい。君も、そして私自身も……」

「わかったわ。仕方ないわね」

説得された女性は渋々ウィリアムから離れ、会場へ戻る道を歩き始めた。ウィリアムは再び女性のウェストに手をまわし、一緒に戻っていく。

結衣はいつまでもその場で凍りついていた。

動こうと思っても、なかなか力が出ない。

今見た現実に打ちのめされて、どうにもならなかった。

結衣が曲がりなりにも会場へ戻れたのは、それから三十分ほどしてからのことだ。

ふらふら幽鬼のように歩いていた時に、間の悪いことにチャールズと出くわす。

「おい、ユイカ？　おまえ、こんなところで何をしてる？　おまえの姿が見えないと、ウィリアムの奴が騒いでいたぞ」

チャールズはそう言って、遠慮もなく結衣の腕をつかんだ。

でも、そうしてもらってよかった。力は入らないし足は痛いしで、どうにもならない状態だったからだ。

「チャールズ……訊きたいことがあります。エリザベス……エリザベスっていう女の人、知ってますか？」

「エリザベス？　ああ、もしかしてエリザベス・キャラウェイのことか？　彼女もハミルトン、我々の一族だ。今は結婚して伯爵夫人だが、社交界一の美女としても名がとおっている」

「そう、ですか……すごく、きれいな人なんですね」

チャールズに支えられて歩きながら、結衣はため息混じりの声を出した。

意外にも勘のいいチャールズは、ふっと眉《まゆ》をひそめる。

「おまえ、まさか……その伯爵夫人がウィリアムの……？」

結衣は泣きそうになったが、辛うじて頷いた。

「いったい何があった？　おまえ、薔薇園のほうから歩いてきたが、まさか……」

だが、結衣には答える暇がなかった。

目の前に、ふいに冷酷な表情を貼りつかせたウィリアムが立ち塞がったからだ。

「チャールズ、この前警告しておいたはずだ。ユイには二度と近づくなと。ユイ、こっちへ来なさい」

ウィリアムはユイの手首をわしづかみ、ぐいっと自分のほうに引き寄せた。

そのまま広い胸に倒れ込みながら、結衣はどうしようもなく唇を噛みしめただけだった。

7

パーティーが終わり、結衣はウィリアムに引き立てられるようにして部屋へと戻ってきた。

「ま、待って。足が……っ」

足がもつれて転びそうになると、ひょいと抱き上げられてベッドまで運ばれる。

「ユイ、チャールズは危ない。あれだけ言っておいたのに、何をしていた？」

ウィリアムは怒りをあらわにしながら詰問してきた。

何をしていたと訊きたいのは、むしろ結衣のほうだった。

けれども質問などする余地はない。結衣はしっかりとふたりが抱き合い、キスを交わす現場を自分の目で見たのだから。

少しでも長くウィリアムのそばにいたい。

そう思っていた結衣だが、あんなふうに決定的な場面を見せられては、もう耐えられない。

結衣はそっとベッドの端に両足を下ろし、そばに立つウィリアムを見上げた。

「ウィリアム、今夜のパーティーで、あなたが侯爵になることは決定した。そうですよね？」

「ああ、侯爵ははっきり宣言した。だからもう反対する者はいない。いたとしても、反対意見はほとんど効力を持たない」

答えを聞いて、結衣は俯《うつむ》いた。

そうして胸の内でひとつ息をついてから、そっとベッドから立ち上がった。

目の前に立つと、ウィリアムの端整な顔はうんと上にある。

そのウィリアムを見上げながら、結衣は静かに決心を口にした。

「ウィリアム、ぼくの役目、もうこれで終わりにしてください」

「なんだと？」

ウィリアムは呻《うめ》くような声を出す。

青い瞳で食い入るように見据えられる。

「やっぱり、ぼくもう嘘をつくのはいやです。こんな窮屈な女物のドレスを着るのも、もういやだ」

結衣はドレスの裾を引っ張りながら、子供のように訴えた。

「ユイ、約束してくれたはずだ。最後まで協力してくれると」

宥めるような言葉にも、結衣はゆっくり首を左右に振った。

「ごめんなさい。無理です……」

「チャールズに何か言われたのか？」

ウィリアムは眉間に皺を寄せ、ますます難しい顔になる。

「そんな……チャールズは何も……」

「だが、ダンスをしていた時はそんな素振りを見せていなかった。急に気を変えたのは、チャールズと何かあったからだろう？」

批難めいたことを言われると、徐々に怒りが生まれる。

何かあったのは結衣ではなく、ウィリアムのほうだ。

けれども、怒りを上回ったのは悲しみだった。薔薇園でキスしていたふたりを思い出すと、胸が痛くなってどうしようもない。

「ウィリアムに……ぼくの気持ちなんて、わかるわけないっ！　ぼくは……ぼくはもうここを出ていくからっ」

結衣は我慢できずにそう叫んだ。

するとウィリアムは、それがどうしたと言わんばかりに、皮肉っぽく片眉を上げる。

「行かせないよ、ユイ。約束は守ってもらう」

「そんな……っ」

一方的な宣言に、結衣は目を見張った。

けれども冷ややかだったウィリアムの視線が、ふいにやわらかいものになる。

青い瞳と視線が絡むと、それだけで訳もなく脈が乱れた。

「ユイはもう私のものだ。世間にもそう発表した。これからはふたりであちこちのパーティーに呼ばれるだろう。それに出席するのも君の役目だ。わかるね？」

聞き分けのない子供を諭すような声。

だが、結衣の決意は動かない。

「ウィリアム、だからぼくはもう日本に帰るから」

「そんな我《わ》が儘《まま》は許さないよ、ユイ。君は私の……侯爵の花嫁として、ずっと私のそばにいるんだ」

「だって、ウィリアム、こんなこと間違ってる。いつまでも続けてられない」

結衣は必死に言い募った。

「間違っている？　そうかもしれないな。だが、そんなことはどうでもいい。私は君を手放さないし、君は私の命令に従うんだ。いいね、ユイ？」

ウィリアムはそう言って、ぐいっと結衣の手をつかむ。

「いやだ、離して！」

結衣はとっさにウィリアムの手を振りほどいて逃げ出そうとしたが、果たせなかった。

それどころか乱暴にベッドの上に押し倒されてしまう。

「ユイ、反抗的な態度は許さないよ。君にはもっと花嫁としての教育が必要なようだ」

「やだっ、ウィリアム」

「今さらいやだと言っても遅い。花嫁とはどういうものか、もう一度最初から教えてあげよう」

上からのしかかってきたウィリアムは、今までとは違って、どこか皮肉っぽい。

優しく抱かれた記憶しかない結衣は、今のウィリアムが怖かった。

このままた抱かれてしまえば、もっと苦しい思いをするに違いない。だって、ウィリアムのことがこんなに好きなのに、身体だけ奪われるなんて悲しすぎる。

「いやだっ！」

結衣は反射的に、ウィリアムの逞《たくま》しい胸を押した。

そうして両手両足をフルに動かして、必死に抵抗する。

「ユイ、なんて悪い子だ。そんなに暴れるなら両手を動かせないように縛ってしまうぞ?」

「やだ、離してっ」

だがウィリアムは、テールコートのポケットから薄いチーフを引き抜き、それで結衣の細い手首をひとまとめに縛り上げてしまう。

逃げるに逃げられなくなった結衣は、懸命にウィリアムをにらんだ。

「さて、ユイ。レッスンの時間だ。今日の君は反抗的だった。だから、たっぷり罰を受けてもらうからね」

ウィリアムはそう言いながら、ドレスの胸にするりと掌《てのひら》を這わせてきた。

詰め物をしたブラまでつけているのに、ウィリアムに撫でられていると思っただけで、ちくりと乳首の先が硬くなる。

「あ……くっ」

思わず出かかった喘ぎを噛み殺すと、ウィリアムは優しげな微笑を浮かべた。

「ユイは胸が弱かったね。どうなっているか見てみようか」

今日つけているドレスは脇にファスナーがついている。それをこれ見よがしにジジジとかすかな音をさせながら下ろされる。

ウエストあたりまでスリットが入った状態になった結衣は、大きく胸を喘がせた。

するとウィリアムはゆっくりドレスを剝《は》いで、レースのブラを剝き出しにする。

「やだ……っ」

ブラのラインに沿い指で肌をなぞられて、結衣は泣きそうな声を上げた。

子供の頃から女の子の格好をさせられることにはある程度慣れていた。でも、これほど恥ずかしいと思ったことはない。

「ああ、そうか。ユイはブラをつけるのが嫌いだったね。それなら、外してあげよう」

「やっ」

ウィリアムは長い指を一本だけ下から突っ込んで、そのまま、くいっとブラを上にずらす。

片方だけ乳首を露出させられて、結衣は真っ赤になった。

なのにウィリアムは指で無造作に、勃ち上がった先端を押し潰す。

「ああっ！」

ほんの少し刺激を受けただけなのに、身体の芯まで電流が走ったみたいに震えてしまう。

「ユイはほんとに敏感だ」

ウィリアムはくすりと笑いながら、乳首を指で弄り始めた。

「や、あっ」

今までにもそこで感じることをウィリアムに教えられた。きゅっと摘まれたり、先端に爪《つめ》を立てられたりするたびに、下半身にまで熱が伝わる。

「いやじゃないだろう？　ちょっと可愛がってあげただけで、ここを大きくしている。ユイは優秀な生徒だからね」

ウィリアムはからかうように言いながら、結衣の腰を引き寄せた。そうしてドレスの薄い布地の上から、するりとその場所に触れてくる。

「ああっ……あ、やあ……っ」

結衣は大きく腰をよじった。

ポケットチーフで縛られた両手で懸命にウィリアムを押しやろうとしたが、すぐにその手を捕らえられてしまう。

「暴れたら駄目だろう。それとも大胆に腰を突き上げておねだりしているつもりかな？」

「やっ、違う」

結衣は激しく首を振ったが、ウィリアムは余裕で笑っているだけだ。

そして結衣の手首を押さえたままで、ドレスの裾をまくり上げる。

「そうか、今日はちゃんとガーターベルトをしてストッキングもつけていたのか。すごく色っぽいね、ユイ」

ウィリアムは思わせぶりに結衣の足をなぞり上げた。

軽く触れられているだけなのに、びくびくと震えてしまう。それに身体中の血液が沸騰したかのように熱くなり、ウィリアムに愛撫されるたびに、その熱が一カ所に集中した。

熱く滾《たぎ》り始めた場所はまだ薄いドレスに覆われている。それでも隠してはおけない。

結衣が震えるたびに、そこは恥ずかしげもなくドレスを押し上げて頭をもたげる。

「あっ……くぅ……うぅっ」

どんなに抑えていようと思っても、唇から漏れるのは甘い喘ぎだ。

「足を触っただけなのに、すごいことになったみたいだね」

ウィリアムは意地悪なことを言いながら、さらにドレスの裾をまくり上げた。

「いやだっ」

結衣はひときわ大きく叫んで腰をよじったが、恥ずかしい下肢が全部さらされてしまう。

「驚いたな。ユイがこんなにいやらしい子だとは知らなかった」

ウィリアムにじっと見つめられ、結衣は身の置き所もなかった。

――今日は正式なパーティーですから、きちんとなさったほうがいいですよ、ユイ様。

アガサにそう言われ、下着まで全部女性用のもので揃えたのが、そもそもの間違いだった。

色こそ清楚な白だけれど、レースを使ったショーツは申し訳程度に大事な部分を覆うだけ。ウィリアムに煽られて大きくなった中心までは、とても隠しきれなかった。しかも先端にはもう蜜が滲み、ぴったりフィットした下着も濡れている。

自分の姿があまりにも惨《みじ》めで、結衣は唇を噛みしめた。

ウィリアムには秘密の恋人がいるのに、こんなふうに扱うなんてひどい。

それに、ろくな抵抗もできず、ウィリアムの手管に流されてしまう自分がいやだった。

「ユイ、泣きそうな顔をしているね」

ウィリアムは優しげに言って、そおっと頬に手を滑らせてくる。

「どうして、こんなことするんですか？　ぼくは違うのに……っ」

「どうして？　君を愛しているからだ。もう何度もそう言っただろう？」

「嘘つき！」

反射的に叫ぶと、ウィリアムは困ったように青い目を細める。

「悪い言葉を使う口は塞ぐしかないか」

ウィリアムはそう言って、いきなり口を塞いできた。

「やっ……う、く……ぅんっ」

首を振って避ける暇もない。最初から深く舌を挿し込まれ、いやらしく絡められる。

ウィリアムはキスを続けながら、剥き出しの胸に触れてきた。

勃ち上がった乳首がきゅっと摘み上げられる。

「んっ、……ぅんっ」

思わぬ刺激が走り抜け、結衣は腰を突き上げた。

するとウィリアムの手が胸から腹へと滑ってくる。

ウィリアムはさらに濃厚なキスを続けながら、女性用のショーツごと熱くなった中心を握りしめた。

ひときわ強い刺激に襲われた瞬間、ウィリアムの口が離れる。

「あああっ」

結衣が高い声を迸《ほとばし》らせたことで、ウィリアムは満足げににやりと笑う。

「もういやだとは言えない状態だな、ユイ」

張りつめたものをやわらかく刺激しながら駄目押しされ、結衣は必死に胸を喘がせた。

「もう……やめて」

「どうしてだ？　ユイだって、すっかりその気だろう。さあ、今日は徹底して教えよう。君が誰のものか、この身体に教え込んであげよう」

ウィリアムは結衣を押さえていた手を離し、改めてドレスを脱がせにかかる。

ブラを取り除けられると、赤く熟れた乳首が露出する。

ウィリアムはゆっくり頭を下げ、勃ち上がった乳首の先端を、片方ずつ口に含んで吸い上げた。

「ああっ……くう……っ」

たまらない疼きが身体の中心まで伝わり、もう抵抗するどころではない。

歯を当てられて甘噛みされると、下半身にまでダイレクトに刺激が伝わり、一気に極めてしまいそうになった。

「あ、やあ……っ」

ウィリアムは口で乳首を苛《いじ》めながら、下にも手を伸ばしてきた。小さなショーツを下げられ、張りつめたものを直《じか》に握られる。

絶妙の力加減で刺激を加えられると、もうどうしようもない。早く達かせてほしくて、結衣は小刻みに腰を震わせるだけだった。

「やっと大人しくなったね、ユイ。待っていなさい。もっと気持ちよくしてあげよう」

ウィリアムはいったん結衣から手を離し、テールコートの上着を脱ぎ捨てる。ベストのボタンも手早く外して、再び結衣の身体に触れてきた。

「ウィリアム……」

「さあ、ユイ。準備をするから、うつ伏せになるんだ」

「えっ、やだ……そんなの」

何事かと結衣は目を瞠《みは》ったが、ウィリアムの両手でくるりとうつ伏せの体勢を取らされてしまう。

「腰をもっと高く上げなさい」

「やだ、恥ずかしい」

純白のドレスはもうウエストのあたりに絡まっているだけだった。

なのにガーターをきちんとつけたままでショーツだけずらされている。そんな淫らな格好でウィリアムにお尻《しり》を向けるなんて絶対にできない。

「やるんだ、ユイ」

鋭い声が飛んだと同時に、剝き出しの尻がぴしゃりと叩《たた》かれる。

「ひっ……！」

痛みはほとんどなかったが、結衣はショックで固まった。

「痛かった？」

ウィリアムは一転して優しげに言いながら、結衣の腹に手を入れて腰を持ち上げる。

そうして叩かれた場所に、ちゅっと口づけられた。

「ううっ」

羞恥のあまり、頭がおかしくなりそうだ。

なのに、結衣の中心は張りつめたままで、ウィリアムの仕打ちを悦《よろこ》ぶように揺れている。

ウィリアムは結衣の双丘《そうきゅう》をいやらしく撫で回し、それから指を宛《あて》がって、くいっと窄まりを割り開いた。

「やっ、やだ」

結衣は必死に前へ逃げようとしたが、ウィリアムの両手が尻にかかっている。

そして、剝き出しにされた窄まりに、何か温かく湿ったものが触れてきた。

ぴちゃりと濡れた音を立てて、恥ずかしい場所が舐められる。

「いや……っ、やだ……いや、あぁ……っ」

あまりのことに結衣は掠れた悲鳴を放った。

ウィリアムにあんな場所を舐められている。そう思っただけで神経が焼き切れてしまいそうだ。

それでもウィリアムに舌を這わされると、何故かじわりと気持ちよくなってくる。

放置された中心までびくんと揺れて、結衣はさらに羞恥に襲われた。

短い間に、自分は変わってしまった。

ウィリアムに触れられただけで、こんなに淫らになってしまうなんて信じられない。

なのにウィリアムはとうとう中にまで舌をねじ込ませてくる。

「やっ、あぁ……く、ふぅ……うぅ」

いやらしく中まで舐められているのに、口をついて出るのは甘い喘ぎだけだ。

唾液を送り込むように丁寧に舐められると、身体中が熱くなって腰が震える。

「ユイは優秀な生徒だ。もう中が物欲しそうにひくひく震えている」

「やだ、違う……っ」

「ユイ、やだやだばかりでは駄目だよ。ちゃんと欲しいと言ってごらん」

背中から覆い被さったウィリアムが、耳にそんな囁きを落とす。

だが、次の瞬間、濡れた窄まりに、つぷりと指が埋め込まれた。

「やっ、ああっ」

ウィリアムの指はなんの抵抗もなく奥まで入ってくる。

「ユイが感じる場所はここ、だったかな」

声とともに、特別感じる場所をくいっと指先で抉られた。

「ああっ、……ぅくっ」

いきなり達してしまいそうになったのに、抜け目ないウィリアムがさっと前に手を伸ばして張りつめたものの根元を押さえる。

「駄目だぞ、まだ」

「いやだ、もう……や、ああっ」

いくら首を振っても、ウィリアムは同じ場所ばかり刺激してくる。

結衣はすぐに限界まで追い込まれた。

達かせてほしくていっそう淫らに腰を振る。

ウィリアムの目にその姿がどう映っているか、気にしている余裕はまったくない。

「ユイ、どうしてほしいか言ってごらん。腰を振っておねだりするだけじゃ駄目だ」

「いやだ……っ」

結衣は懸命に首を左右に振った。

「ユイはなかなか強情だね。もっと可愛く泣かせてあげたかったが、私のほうが限界だ」

ウィリアムはため息混じりで言いながら、中を犯していた指を引き抜いた。

結衣はほっと息をついたが、蕩けた場所にはすぐに熱い塊が押しつけられる。

「あっ」

火傷《やけど》しそうに滾ったものはウィリアムの情熱だ。

そう知覚したとたん、蕩けた壁がじわりと震える。

「ユイ、私を迎え入れながら達くんだ。いいね？」

掠れた囁きが落とされ、それと同時に太い杭《くい》が突き挿さる。

「やっ、……あぁぁ……っ」

狭い場所を無理やり広げながら、奥の奥まで貫かれた。

指と舌で散々掻きまわされた場所は、最初の衝撃が過ぎると、嬉しげにまとわりついていく。

後ろから犯される恥ずかしい格好なのに、もう結衣は中にいるウィリアムのことしか考えられなくなっていた。

「ああ……あああ……」

ウィリアムは仰け反った結衣の腰をつかみ、さらに奥まで打ち込んでくる。

「ユイ、素敵だよ」

「あう……うぅ」

「いいね、ユイ。君は私のものだ。もう離れることは許さない」

そう宣言したウィリアムはいきなり大きく腰を動かし始めた。

敏感な壁がいやというほど硬い凶器で擦られる。

「あっ、ああっ」

力強い抽挿《ちゅうそう》に結衣はただがくがく揺さぶられるだけになる。

蕩けた壁は勝手にウィリアムを貪っているようだ。ぎゅっと締めつけるたびに、さらに悦楽が噴き上げ、結衣は朦朧となった。

最奥に勢いよく熱い飛沫《しぶき》がかけられた瞬間、結衣もまた欲望の徴《しるし》を吐き出す。

今までにない圧倒的な快感にぐったりなった身体を、逞しい腕が抱き留める。

「……ユイ……愛している……」

薄れていく意識の中で、かすかに囁かれる。

結衣はそのままますうっと暗闇《くらやみ》の中にのまれていった。

†

「アガサ、ぼくを外に出して。一日中部屋に閉じこもっていると息が詰まる」

窓辺で本を読んでいた結衣は、お茶を運んできたアガサに、懸命に訴えた。

細身のパンツにゆるくロングシャツを羽織っているだけの格好だ。

クラシックな黒のワンピースに白いエプロンをつけたアガサは、ゆっくり首を左右に振る。

「申し訳ないですが、ユイ様は外にお出ししてはならないと、ウィリアム様、いえ、侯爵閣下のご命令です」

言葉尻はやわらかいが、アガサは絶対にウィリアムの命には逆らわない。

パーティーで発表されたあと、侯爵位は速やかにウィリアムに譲られた。

侯爵は引退し、今ではウィリアムが新侯爵となった。

かねてより水面下で準備が進められていたのだろう。パーティーから一週間も経っていないのに、ウィリアムはハミルトン家の頂点に立つ存在となったのだ。

もう身代わりはやめにする。出ていきたい。

結衣の希望は完全に無視された。

ウィリアムの手管に流されて、もっと断固とした態度が取れなかった自分も悪い。

けれど、部屋に閉じ込めるなんてひどすぎると思う。

「さあ、今日はハーブティーのブレンドをご用意しました。これをお飲みになれば、少しは気が紛れますよ」

アガサは宥めるように言って、カップに注いだハーブティーを差し出す。

結衣は読んでいた本を閉じ、素直にカップを受け取った。

レモングラスにミント、他にも色々とブレンドしてあるらしく、複雑が味がする。

けれども意外に飲み口が爽《さわ》やかで、アガサが言ったとおり、鬱屈した気分が少しは上昇した。

「ウィリアムは仕事？」

「はい、ハミルトンの事業のことで色々問題がおありとか、忙しそうになさっておられました。ユイ様のこと、気になさっておいででしたけれど、今は総帥の座を引き継がれたばかりですから」

「そう……」

結衣はそっけなく応じ、ため息をついた。

自分が逃げ出さないように部屋に閉じ込め、一日中アガサや他の使用人に監視させるようなウィリアムには同情する気になれない。

それにしても、ウィリアムはいつまでこんなことを続けるつもりなのだろう。

無事に爵位を継いだのだ。結衣が、いや唯花が日本に戻ったとしても、今さらその爵位を奪われるといったようなことはないはずだ。

それなのにウィリアムは結衣を婚約者として扱うのをやめようとしない。

ウィリアムには好きな人がいる。

エリザベスという社交界でも有名な美人。

エリザベスは人妻だ。だからふたりは結婚できない。それで人目に触れないように隠れて逢瀬《おうせ》を重ねているのだろう。

もしかして、ウィリアムが自分をそばに置きたがるのは、ふたりの秘密を守るのに都合がいいからだろうか。

エリザベスははっきりウィリアムを愛していると口にした。

もうすぐ何もかもうまくいって、ふたりで幸せになれるとも……。

そこまで考えて、結衣はゆるく首を振った。

胸が痛くてたまらない。

ウィリアムが大好きだと気づいたのに、ウィリアムの心は他の人のもの。

なのに身体だけ愛されて、悦楽に溺《おぼ》れさせられている。

こんなことでいいはずがないのに、自分はぐずぐずと城に留《とど》まって……。

いつまでこの状態が続くのだろうか。

ハーブティーを飲み終えた結衣は、カップをソーサーに戻し、深いため息をついた。

アガサは静かに飲み終えたカップをワゴンに戻す。

そこで結衣はふと気になって訊ねてみた。

「ねえ、アガサはずっとこの城でウィリアムに仕えているの？」

「はい、ウィリアム様がこちらにお見えになったのは、大学に入学なさる前でした。私はそれ以前からハミルトン家でお世話になっておりましたが、ウィリアム様がお見えになってからは、ずっとお世話をさせていただいております」

アガサは律儀に答える。

「それじゃ、もしかしてアガサはスコット……唯花のお父さんのことも知っているの？」

「はい、存じております。でも、当時の私はまだ新人でしたので、遠くからお見かけした程度ですが……」

「そうなんだ」

アガサは結衣が身代わりであることを知っている。

それはウィリアムの信頼を得ているからだ。この城にはチャールズも住んでいるのに、アガサの忠誠はウィリアムだけに向けられている。

「大学生の頃のウィリアムは、どんなだった？」

結衣が何気なく発した問いに、アガサは考え込む素振りを見せる。

「こんなことはお話ししていいのかどうか……。でも、ユイ様に申し上げるなら、ウィリアム様もお許しくださるでしょう」

しみじみとした声に、結衣は頷いた。

「ウィリアム様のご実家は、決して裕福ではなかったようです。スコット様が家を出ていかれ、侯爵を継ぐのは誰になるか、大変な問題になりました。まずチャールズ様の母上が、行動を開始され、チャールズ様をこちらへと送り込まれました。ですが、ウィリアム様のことは侯爵がお呼びになられました」

「お祖父様が？」

「はい。ウィリアム様のご両親は事業に失敗され、ウィリアム様の教育資金にも困っておられました。それで侯爵はウィリアム様を援助すると決められたのです。ウィリアム様は、その恩を返すため、それはそれは努力され、これまでずいぶん苦労を重ねられたはずです」

初めて聞く話に結衣は目を見開いた。

「お祖父様はどうして後継者を最初から決めておかなかったのだろう？」

「それは、恐れておられたからではないでしょうか？」

「恐れる？　何を？」

訳がわからず結衣は首を傾げる。

「侯爵はスコット様に大きな期待をかけておられました。しかし、スコット様は出ていかれてしまった。爵位を継ぐ者を決めたとしても、また裏切られるかもしれない。侯爵はそれを恐れておられたのかもしれません」

「それで、いよいよとなるまで次期侯爵を誰にするか決めなかった……」

呟《つぶや》いた結衣は、内心でため息をついた。

そうだ。そう考えれば、ウィリアムの言葉にもなんとなく納得がいく。

ウィリアムは爵位などどうでもいいと言っていた。なのに、その爵位を自分のものとするために、色々と画策して……。

それが全部、侯爵に恩返しをするためと考えれば、辻褄《つじつま》が合う。

「ウィリアム様は今までご自分のことはすべて犠牲にされてこられたと思います」

「犠牲に？」

「はい。私は今でも覚えております。ウィリアム様がいつになく浮き立っておられて、何かいいことがありましたかとお訊ねしました。するとウィリアム様は、ああ、ぼくはどうやら恋をしてしまったらしいとおっしゃって」

「……！」

結衣はずきりと胸の痛みを覚えた。

けれどもアガサは何も気づかず言葉を続ける。

「私は、それはようございましたねと申し上げました。ですが、ウィリアム様はそのあと悲しい顔をなさって、この恋を実らせるのは難しい。諦めるしかないかもしれないと」

そこまで聞いて、結衣はたまらず席を立った。

「ユイ様？」

「ごめん、アガサ。ちょっとバルコニーに出てくる」

「外は雨でございますよ？」

唐突に態度を変えた結衣にも、アガサは動じない。極めて現実的な指摘をする。

「かまわない。この部屋にずっと閉じこもっているより、雨に打たれたほうがましだ」

きつい口調で言うと、アガサは申し訳なさそうな顔になった。

「ごめん。アガサに怒ってるわけじゃないから」

結衣はそれだけ言って、アガサに背を向けた。

ウィリアムは大学生の頃に恋に落ちた。

きっとあのエリザベスだ。そしてエリザベスにはすでに婚約者がいたのかもしれない。

結衣は急いでバルコニーへのドアを開け、外に飛び出した。

庭へ下りることは禁じられているが、ここで外気に触れて、少しでも頭を冷やしたかった。

やはり、もうこの城に留まることはできない。

ウィリアムが恋しくてたまらないから、もう身体だけの関係を続けたくなかった。

日本に一時帰国するだけだと言えば、前侯爵もきっと許してくれるはず。

とにかくここを離れないと、心が壊れてしまいそうだ。

でも、どうやって抜け出せばいいだろう？

しとしととまとわりつくような雨が降っている。すぐにずぶ濡れになったわけではないが、徐々に身体が冷えてきて、結衣は自分の腕で自分を抱きしめた。

ウィリアムの命令で、結衣には常に監視の目が光っている。部屋を出ることができるのは、前侯爵を訪ねる時だけだ。

けれど、その時ふいに視界に入ってきた影があった。

傘を差した長身の男がバルコニーへと近づいてくる。

結衣はちらりと背後を振り返った。けれどもアガサは何か片づけをしているらしく、こちらに注意は向けていない。

バルコニーの真下までやって来た男はチャールズだった。

「ユイ、おまえ閉じ込められてるそうだな」

傘の中から見上げてきたチャールズが皮肉げに顔をしかめて言う。

結衣はこの時ほどチャールズを頼もしく思ったことはなかった。

ウィリアムとの競争に決着がついた形だが、チャールズは相変わらず反目している様子だ。だから、助けを求めるとしたら、彼しかいないだろう。

「チャールズ、お願い。私をここから逃がして」

結衣はアガサを気にしつつ、声を潜めて頼み込んだ。

「逃げる？」

短く確認してきたチャールズに、こくりと頷く。

「やはりな……。いつか、こんなことになる気はしていた。まあいい。おまえは俺の又従妹だ。協力してやるよ」

「ほんとに？」

「ああ、なんとか準備を整えて、おまえに連絡をつけよう。それまで普通にしていればいい」

「わかった……ありがとう、チャールズ！」

結衣は心からの礼を言って、チャールズに微笑んだ。

8

「ユイ、今日も大人しくしていなさい」

出かける支度をしたウィリアムにやんわり命じられ、結衣は思わずむっとした顔を向けた。

「いつまでぼくを閉じ込めておく気？」

「少しの間だけだ。今はまだ引き継ぎで忙しい。それが片付いたら、一日中でもユイの相手をしてやれる。だから我慢していなさい」

ウィリアムは優しく言いながら、するりと結衣を引き寄せて抱きしめた。

薄いシャツ一枚だった結衣はウィリアムの温《ぬく》もりに包まれてせつない思いに駆られる。

このところずっと反抗的な態度を取っているが、嫌いになったわけじゃない。それどころかこんなことになっても、ますますウィリアムに惹《ひ》かれていくだけだ。

夜ごとに抱かれ、今まで知ることのなかった官能を教え込まれ、こうして顔を合わせれば優しく抱きしめてくれる。

自由を奪われているせいで素直に喜べないけれど、ウィリアムと触れ合うことは少しもいやじゃなかった。

それに結衣はもう決心した。

なんとしても、この城から出ていくと。

チャールズが準備を整えてくれれば、今日にでもお別れとなってしまうかもしれないのだ。

「ウィリアム……行ってらっしゃい」

「ユイ、愛してるよ」

いつもどおりの囁きとともに、頬に軽く口づけられる。

ウィリアムの腕がするりとほどけ、結衣は独りきりでその場に残された。

長身の後ろ姿に、縋りつきたい衝動に駆られたが、それを懸命に我慢した。

ウィリアムが出かけたあと、入れ替わりでアガサが顔を見せ、また昨日と同じような一日が始まる。

結衣はいつチャールズから連絡が来てもいいように、シャツにジャケット、パンツという動きやすいスタイルを選び、小型のバッグにパスポートと財布を入れて持ち歩くようにしていた。残念ながら携帯端末はウィリアムに取り上げられてしまっている。

しばらく部屋で過ごしたあと、結衣は時間を見計らってアガサに声をかけた。

「アガサ、そろそろお祖父様の部屋へ行ってくる」

「はい、かしこまりました。それではご案内いたします」

生真面目《きまじめ》に答えたアガサに、結衣は胸の内でため息をついた。

城は広大で延々と続くロングギャラリーを歩く。

最初のうちは物珍しさで、並べられた彫刻や絵画をゆっくり観賞しながら進んだが、今はもうあまり興味をそそられない。

窓の外はまた雨模様で、廊下もなんだか薄暗かった。まるで沈鬱な自分の気持ちを映しているかのようだ。

見張り役のアガサは途中で兄のデイビス・オコーネルと交代する。白髪のオコーネルは厳格さを前面に押し出し、にこりともしない生真面目なハウススチュワードだ。

「ではユイ様、こちらへどうぞ。御前がお待ちになっておられます」

前侯爵の私室に到着し、オコーネルの手で重厚な扉が開けられる。

結衣は通い慣れてきた部屋に入り、真っ直ぐ窓辺の安楽椅子に腰かけている前侯爵の元へと近づいた。

もう健康上にはなんの問題もないそうだが、八十という高齢でもあり、大事を取っているのだ。しかし前侯爵はツイードのジャケットに赤のペーズリー模様のアスコットタイを利かせたおしゃれな格好だ。

「お祖父様、ご気分はいかがですか?」

「ユイカか……毎日雨ばかりで気分がよいはずがない。だが、おまえの顔を見たら、まあ少しはましになったが」

前侯爵は気難しい人物だ。しかし、毎日訪ねていく結衣には、少しずつ打ち解けた様子を見せるようになっていた。

「お祖父様、明日、お天気がよくなったら、一緒に庭を散歩しましょう。お庭、すごく広いから、まだ見ていないところがあるんです。お祖父様、案内してくださいますよね？」

結衣は隣の椅子に腰かけて、そう問いかけた。

「おまえは年寄りをこき使う気か？」

にべもない言い方に、結衣はにっこりした微笑で答える。

「お祖父様にも適度な運動は必要でしょう？　可愛い孫の頼みなんですから、よろしくお願いしますね」

結衣には祖父の記憶があまりない。だから前侯爵が本当の祖父のように思える。甘えた言い方ができるのも、そのせいだった。

「ユイカ……」

前侯爵はそう言って、じっと結衣を見つめてくる。

何か言いたいことがありそうなのだが、それを口にするのを躊躇《ためら》っている雰囲気だ。

「どうかしましたか、お祖父様？」

「いや、私を元気づけてくれるのはいいが、おまえのほうはどうなのかと思っただけだ。ウイリアムとはうまくやっているのか？」

いきなり核心を突かれ、結衣は顔色が変わるのを防げなかった。

「ウ、ウィリアムは……いつも優しくしてくれますから……っ」

慌ててそう口にしたが、前侯爵は深いため息をつく。

思わず視線を落とした結衣の手に、その前侯爵の手が重ねられた。

「ユイカ……いや、おまえの本当の名前はユイ、だったな」

「え？」

思いがけない言葉に、結衣は反射的に顔を上げた。

今のまさか……知っている？

結衣はぎくりとなったが、前侯爵は穏やかな眼差《まなざ》しをしているだけだ。

「おまえが孫のユイカではないことは最初から知っていた」

「どうして？」

「調査をさせたのはもう何年も前のことだ」

驚くべき告白に結衣は言葉を失った。

唯花の死がわかっていたなら、何故わざわざ自分を身代わりとして呼び寄せたのか。

いや、身代わりになってくれと言ったのは、ウィリアムだ。

これはウィリアムが立てた策略が、最初から見破られていたということだろうか？　もしそうなら、どうして騙すような真似をしたウィリアムに、爵位を継がせたのか……。

わからないことだらけだ。

「おまえが驚くのも無理はない。ひとつだけ断っておくが、私はウィリアムに騙されたわけでもないぞ。そのあたりの詳しい経緯は、あとでウィリアムから聞くがいい。ああ、そうか。おまえはもうここから出ていくのだったな」

「ええっ、どうしてそれを？」

驚愕した結衣に、前侯爵は思わずといった感じで口元をゆるめた。

「チャールズがおまえを逃がす手配をするそうだな。あれはもう外でおまえを待っているぞ」

前侯爵はどこか悪戯っぽい表情を浮かべながら、窓の外を指した。

つられて目をやると、バルコニーの庇《ひさし》の下にチャールズが立っているのが見える。

「さあ、早く行くがいい。ユイ」

前侯爵はユイの腕をつかみ、向こうへ押しやった。

「待ってください。どうしてお祖父様は、すべてをご存じなんですか？」

結衣は焦り気味に問い返した。

「説明すれば長くなる。ただチャールズは何も知らんから、そのつもりでいろ」

前侯爵はそう言っただけで、早く行けとばかりに手を振る。

そして室内の様子に気づいたチャールズも、硝子《ガラス》戸を少し開けて声をかけてきた。

「ユイカ、名残惜しいのはわかるが、早くしてくれ」

結衣は混乱したままで、テラスへと向かった。

「ユイカ、これを被って俺についてこい」

「チャールズ、どこへ行くの？」

手渡されたのは帽子だった。

チャールズはトレンチコートを着ているが、傘は差していない。雨はさほどひどくなかったが、せめてもの親切だろう。

結衣が素直に帽子を被ると、チャールズはすぐに歩き出す。

「おまえ、ボート小屋には行ったことあるか？」

「ボート小屋って、そんなのどこにあるの？」

「城の裏手に川が流れているのは知っているだろう？　岸に長年使っていないボート小屋がある。おまえはそこでしばらく隠れてろ」

「わかった。ありがとう」

広大な庭を知り尽くしているチャールズは、早足でどんどん進んでいく。結衣はあとを追いかけるのが大変だった。

区画ごとにデザインが異なる庭を突き抜け、息が切れてきた頃にようやく裏門が見えてくる。ログハウス風のボート小屋は、そこからさらに十分ほど歩いた場所に建っていた。

「今は誰も使っていない。だが、ストーブぐらいあるはずだ」

チャールズは建付の悪い木のドアを力任せに開けながら言う。

長年誰も使っていないというのは本当のようで、中はかなり埃臭《ほこりくさ》かった。

「やっぱりストーブがあったな。おっ、灯油も残っている。火をつければ濡れた服も乾くだろう」

ボート小屋は小さな倉庫といった雰囲気の場所だった。部屋はひとつしかない。川側の壁は、車のガレージのようにシャッターが下ろされている。おそらくそこを開けた場所にボートを繋留しておくのだろう。

部屋の中央部には大型の石油ストーブの他、木製のテーブルと椅子が何脚か。壁際の棚には簡単な調理ができる設備も整っていた。そして防犯のためか、窓には頑丈そうな鉄格子が塡《は》め込まれている。

チャールズは手際よくストーブをつけ、結衣はほっとひとつ息をついた。

「ありがとう、チャールズ」

「別にいいさ。おまえはここでしばらく待ってろ。俺はいったん城に戻り、おまえの荷物を取ってくる」

「え、荷物なんて別にあとでもいいのに」

「いや、他にもちょっとチェックしておくことがあるんだ。少し時間がかかるだろうが、俺はボートで戻ってくる。それまで待ってるんだ」

「うん、ありがとう」

チャールズの親切に、結衣は心からの礼を言った。

彼はまだ結衣が身代わりだということを知らない様子だ。でも、いつか騙していたことをちゃんと謝りたい。それに、ウィリアムとも仲直りしてほしかった。

†

チャールズが城へ戻ってから一時間ほどが経った。

ストーブのお陰で濡れた服も乾き、室内も充分に暖まっている。

結衣はストーブのそばの椅子に腰かけ、またウィリアムのことを思い出していた。あまりにも慌ただしい展開が続き、まともに考えることができない。しかし、前侯爵の謎《なぞ》の行動が気になって仕方がなかった。

唯花が亡くなっていると最初から知っていたなら、何故わざわざ自分を身代わりにしたのだろう。

ウィリアムに爵位を継がせるための布石だったとしても、ここまでのことをする必要があったのだろうか。

前侯爵は、すべてウィリアムに訊けと言ったが、もう彼には二度と会えないだろう。

謎は謎のまま、結衣は日本に帰って日常の生活に戻るだけだ。

ロンドンの大学に行くつもりだったが、身代わりを務めているうちに入学が遅れたし、ウィリアムに近い場所にいてはいつまでも彼を忘れられなくなる。

「ウィリアム……」

名前を口に出してみると、いっそう恋しさが募り、結衣は声もなく涙を流した。

最初はこれが恋だと気づかなかった。

でもきっと、再会した瞬間からウィリアムを好きになっていたのだと思う。

そうじゃなければキスされてもいやなだけだったろうし、まして抱かれてしまうなんて、考えられないことだ。

これから日本に帰って、ウィリアムを忘れられるだろうか？

結衣は激しく首を左右に振った。

無理だ。ウィリアムを忘れるなんて無理。絶対に忘れられないに決まっている。

今すぐここを飛び出して、会いに行きたくなるけれど、ウィリアムには他に恋人がいる。

堂々巡りする思いに、結衣はテーブルに突っ伏した。

こんなことでめそめそ泣くのはいやだったが、どうしても涙が止まらない。

しかし、その時結衣は異様な音を耳にした。

調子よく燃えていたストーブから、ピシッと何かが割れるような音が響いたのだ。

「なんだ、今の？」

不審に思って顔を上げた瞬間だった。

突然ストーブがガタガタ揺れて、ビシッと裂け目が入る。

ゴーッともの凄《すご》い火が噴き上がり、結衣はとっさに飛び退《の》いた。

しかし噴き出した炎は瞬く間に燃え広がり、手のつけようがない。

「火、消さなきゃ火事になる！」

目につくところに消化器はない。きっと隣のポートにあるだろうと、結衣はシャッターの開閉ボタンを探しに壁際へ走った。けれど操作盤の覆いが錆《さ》び付いて、まったく動かせない状態だった。

その間に、ストーブの火はますます大きくなっていく。

川のそばだから水を汲《く》んでくればいい。そう思いついたが、戸棚には小さなポットが入っているだけだ。

こんなものではとても間に合わない。

噴き上がった炎はすでに天井を焦がし始めている。もう消火は諦めるしかなかった。

結衣は炎を避《よ》け、壁伝いに出口へと向かった。

だが恐ろしいことに、いくら押してもドアが開かない。

「やだ、どうして？」

結衣は懸命にドアを叩いた。

建付が悪くなっていたせいで、おかしな歪《ゆが》みができたのかもしれない。だけどチャールズはここから出ていった。開かないはずがない。

結衣は必死にドアを押したり引いたりしてみた。びくともしないドアに体当たりもしてみる。それでも頑丈なドアに身体ごと撥ね返されてしまうだけだ。

「誰か、助けて！　ウィリアム！」

何度も体当たりをしているうちに、頭が朦朧としてくる。

最後に大きく肩をぶつけたあと、結衣はとうとう床に倒れてしまった。

部屋には煙が充満し、炎も間近まで迫っている。

仰向《あおむ》けで倒れた結衣は、徐々に掠れていく意識の中で、ただウィリアムの面影だけを追っていた。

ウィリアム……助けて……。

好きだったのに……愛してたのに……。

最後にもう一度だけ会いたかった……。

そうだ。頬じゃなくて、唇にキスしてもらえばよかったな……。

大好きなウィリアム……。

ああ、煙のせいで頭が朦朧とする。

ウィリアムが呼んでる気がするけれど、これも幻聴だろうか……。

「ユイ！　ユイ、無事かっ！」

幻聴だとばかり思っていた声がすぐ近くで聞こえる。

結衣は懸命に重いまぶたを開けた。

ぼんやりした視界いっぱいに飛び込んできたのは、悲痛な表情をしたウィリアムだった。

「……ウィリ……アム……？　どうした、の……？」

しわがれた声を出すと、ひしと抱きしめられる。

「ああ、神様……」

ウィリアムの青い目には涙が溢れていた。

†

あわやというところでウィリアムに助け出された結衣は、何時間も経ってから自室で意識を取り戻した。

まぶたを開けると一番にウィリアムの顔が飛び込んでくる。

「よかった。気がついてくれたか」

ウィリアムは掠れた声でそれだけ言うと、あとは両手で自分の顔を覆ってしまう。

ふと気づくと、ベッドのまわりには前侯爵とチャールズの顔もあった。

前侯爵はほっとしたように穏やかな笑みを浮かべ、チャールズは何故か目のまわりを青黒く染めている。

白衣を着た医者が結衣の脈を取り、瞳孔《どうこう》の様子を調べてから口を開く。

「大丈夫ですよ。もう心配はありません」

その声を聞いて、一同から漏れたのは深いため息だった。

「ぼく、助かったんですね……ストーブが突然壊れたみたいで火事になって……シャッターも入り口のドアも開かなくて……ごめんなさい、心配かけて」

「ユイカ！　俺のせいだ。あんなボロ小屋におまえを連れていったから。事前に点検しておけば、こんなことには」

チャールズが心底後悔したように言葉を逆らせる。

けれどそれを聞いたウィリアムは怒りに駆られたように彼をにらみつけた。

「悪いですが、皆、出ていってもらえますか？　ユイとふたりにさせてください」

ウィリアムは有無を言わせない調子で皆を追い払う。

医者ですら気圧《けお》されたように息をのみ、前侯爵とともに部屋から出ていく。そしてチャールズも、何度も振り返りながらベッドから離れていった。

ふたりきりになると、ウィリアムがぎゅっと手を握りしめてくる。

「ユイ、私を許してくれ。君をこんな目に遭わせたのは全部私のせいだ」

「ウィリアム……でも、助けてくれたのはウィリアムでしょう？」

死ぬような体験をしたばかりだというのに、結衣は不思議と落ち着いていた。

「君にもし何かあったら、私も生きていけないところだった」

「ウィリアム？」

激しい言葉に、結衣は不思議な気持ちになった。

「ユイ、私は本当にユイを愛している。こんな状況でそう言っても、君が信じてくれないことはわかっていた。それでももしかしたら、信じてくれるかもしれないと、私はかすかな望みをかけて、何度も何度もそう言ったんだ」

「嘘、なんで？　だってウィリアムには恋人がいるんでしょう？」

口にするだけでも胸が苦しくなるが、もうはっきりさせずにはいられない。

けれどもウィリアムは驚いたように青の目を見開く。

「私に恋人？　どこからそんなことを思いついた？」

「だって、チャールズもアガサも言ってた。それにぼくもウィリアムが恋人と一緒にいるところを見たから」

「待ってくれ。それはいつのことだ？」

ウィリアムは焦ったようにたたみかけてくる。

「パーティーの時、薔薇園で……あのエリザベスっていう女性を愛しているんでしょう？」

結衣は胸の痛みを堪えながらもそう確認した。

もし、そうだと肯定されれば、この苦しみはもっとひどくなるだろう。

それでも、今にも死んでしまうかもとなった時、胸にあったのはウィリアムへの思いだけだった。

ウィリアムに恋人がいたとしても、自分の気持ちが変わることはない。

「くそっ、君は薔薇園でエリザベスを見たのか……。ユイ、だけど信じてほしい。私が愛しているのは君だけだ」

「だってキスしてた」

「あれは彼女のほうから強引にキスを仕掛けてきて、断れば彼女が騒ぎ立てると思ったから、応じたまでで……くそっ、それも言い訳だな。そもそも最初から、私はユイに対して誠実ではなかった。あまりにも秘密にしてきたことが多すぎる」

ウィリアムはいつもあれだけ冷静なのに、何故か心底慌てているように見える。

結衣はゆっくりベッドの上に上半身を起こした。

「大丈夫か？　無理はしないほうがいい」

とたんに心配そうに肩を抱かれ、結衣はほっと息をついた。

ウィリアムはいつだって優しかった。

自分にとっての真実はそれだけだ。

「ぼくは大丈夫。それより、全部話してほしい」

「ユイ……」

ウィリアムは結衣の乱れた髪を梳き上げて、それから改めて口を開いた。

「最初に出会った時のこと、覚えているか？」

訊ねられた結衣はこくりと頷いた。

一時は故意に忘れていたけれど、垣根で声をかけられた時のことは、今でも鮮明に思い出せる。

「あの時、私は偶然を装っていたが、本当は最初から君に会うのが目的で、家を訪ねたんだ」

「ええっ」

結衣は驚愕《きょうがく》で目を見開いた。

「大叔父に引き取られ、最初に頼まれたのがユイカ・ハミルトンの調査だった。残念ながらユイカは亡くなっていたが、そっくりな従兄弟《いとこ》がいると聞いて、君に会いに行った。薔薇の垣根越しに着物姿の君を見た時、私は一瞬で恋に落ちていた」

「嘘、だってぼくは子供だったのに」

「ああ、そうだ。君は子供だった。しかも男の子だ。当たり前で考えれば、私は変質者だと言われても仕方なかっただろう」

ウィリアムは自嘲《じちょう》気味に告白する。

しかし、結衣にはまだ信じられなかった。

無邪気な子供だった自分のどこに、ウィリアムは惹かれたというのだろう？

「当時、私はこの城に住み始めたばかりで、色々なプレッシャーに押し潰《つぶ》されそうになっていた。大叔父は私だけでなく、家族も救ってくれた恩人だ。その恩に応えたいと、私は必死だった。しかし頑張れば頑張るほどチャールズとの間の軋轢《あつれき》が大きくなる。大叔父は別に私を侯爵にすると明言したわけではないのだが、まわりは皆私に敵意を抱《いだ》いていた」

「……」

結衣は胸を突かれた。

初めて出会った時、自分はまだ子供で、ウィリアムがそんな苦悩を抱えていることなど何も知らなかった。

「だが、私は純真無垢な君に出会った。ささくれだっていた気持ちを、君の笑顔でどれほど救われたことか……こんな子がそばにいてくれれば、どんなにいいだろうと、思ったのだ。誤解しないでほしいが、さすがにあの当時、邪《よこしま》な気持ちはなかった。しかし、大人になった君と再会した時、今度は間違いなく君を自分のものにしたいと思ったのだ」

真摯《しんし》な言葉が徐々に胸の奥まで染みてくる。

自分だってそうだ。最初からウィリアムが好きで、今はもっと違う意味でも愛していて……。

「でも、お祖父様が唯花のことをご存じだったなら、どうしてぼくに代役をやらせたの？」

　肝心なことを訊ねると、ウィリアムは再びため息をつく。

「ユイ、それは大叔父の策略だ」

「えっ、どうしてお祖父様が？」

「大叔父は私の能力を評価し、次期侯爵の座に据えるつもりになっていた。しかし、私はそれを長い間断ってきたんだ。侯爵などになってしまえば、君に会いにいくこともできない。しつこい大叔父に、私はとうとう君のことを打ち明けた。大叔父はさすがに開いた口が塞がらなかったようだが、あの人も過去に苦い経験をしている。それで、あの筋書きを考えたというわけだ。スコットのように、何もかも捨てて城を出ていければよかったが、私はすでにハミルトンに深く関わりすぎていた。私がハミルトンを放り出せば、あとを仕切れる者がいなくなる。大叔父に恩を受けた私には、そんな真似はできなかった。それで大叔父の提案に乗ってしまったのだ。君をそばにおくチャンスが与えられ、その見返りとして爵位を受ける。君をそばに置いている間に、君の愛情を得られれば私の勝ち。……そんなところだ」

　長い説明を聞き終わり、結衣は呆然となった。

　けれどもウィリアムは不安げに見つめてくる。

「それじゃ、何もかもぼくのためだったってこと？」

「そうだ。毎日君の耳に愛していると吹き込めば、そのうち君もそんな気になってくれるかと……呆れてしまったか？」

「ううん、そんなことない」

正式に爵位を継ぎ、侯爵となったウィリアムなのに、まるで叱られた子供のように情けない顔だ。

結衣はほうっとため息をつき、ウィリアムに細い腕を伸ばした。

「ぼくだって、ウィリアムが好き。呆れてなんかいない」

「それなら、私のしたことを許してくれるのか？」

「うん、ウィリアムは何も悪くないよ」

「私が愛しているのは君だけだ。それも信じてくれるのか？」

「ありがとう、ウィリアム。ぼくもあなたを愛している。だから、あなたの言葉、信じたい」

「ユイ！」

あとはもう言葉にならず、結衣はひしとウィリアムに抱きしめられただけだ。

ずっと近くにいたのに、ウィリアムの気持ちが見えなくて不安だった。でも、この瞬間、すべての謎が解けて、ずっと愛され続けていたことがわかった。

ウィリアムは腕の力をゆるめ、青い瞳でじっと見つめてくる。

結衣が幸せに酔って涙をこぼすと、指でそっとその涙を拭《ぬぐ》われた。

泣き笑いのように微笑むと、そのあとそっと口づけられる。

結衣はすべてを委《ゆだ》ねるように、ウィリアムのキスを深く受け入れた。

†

城の中は物音ひとつせず、しんと静まり返っていた。

結衣は天蓋付きのベッドの上で、羞恥に頬を染めながら、全裸になったウィリアムと向かい合っていた。

なめらかな筋肉に覆われた身体は羨《うらや》ましくなるほど美しい。

情熱的な告白のあと何度もキスを交わしたせいで、すでに身体中が熱くなっていた。

最初は火事で負担がかかったのだから、ひとりで休みなさいと言われた。でも、恥ずかしかったけれど、結衣のほうからウィリアムを引き留めたのだ。

「ユイ、愛しているよ。私の花嫁」

情欲で掠れたような声で呼ばれるたびに、小刻みに身体が震える。

「そんなふうに呼ばれると恥ずかしい」

「だが、昔から約束していただろう。大きくなったら迎えに来ると」

笑みを浮かべながら言うウィリアムに、結衣は頬を染めた。

男が本当の花嫁になど、なれるはずがない。

それでもウィリアムの気持ちが嬉しくて、どうしようもなく胸が震える。

こんなにも真摯に愛されているのだ。

「ウィリアム……ぼくも愛してます」

青い瞳を見つめながらそっと囁くと、すっと大きな胸に抱き寄せられて、しっとりと熱い素肌が密着する。

「私もだ、ユイ。君を愛している」

唇に軽くキスを落とされ、それから敏感な耳たぶをそっと口中に含まれる。

「んっ」

愛撫の再開に結衣がぞくりと背筋を震わせると、ウィリアムは耳に直接熱い息を吹きかけるように囁く。

「ユイ、君は本当に可愛い私だけの花嫁だ……もっと色々なことを教えよう。あちこち可愛がって、もっと苛めて」

「そんな……ひど……んっ」

抗議の声は突然のキスで吸い取られてしまう。

ウィリアムは舌を淫らに絡めながら、胸の上にも指先を滑らせる。

敏感な乳首を指で摘まれて、結衣はびくりとなった。

思わず背中を反らせると、ウィリアムはさっと頭を下げ、勃ち上がった先端に舌を這わせてくる。ちゅっと音を立てて吸い上げられて、結衣は高い喘ぎ声を出した。

「ああっ、やっ」

「相変わらず感度がいいね。乳首だけでも達けるように、ずっと可愛がってあげようか?」

「やっ、そんな……やだ」

尖った先端を指ですり潰すようにされ、結衣は必死に首を振った。

ウィリアムは結衣が恥ずかしがるの見て楽しんでいる。さっきはあれほど優しく愛を囁いてくれたのに、本気で自分を苛めるつもりになっているのだろうか。

けれど、そんな意地悪な言葉にも煽られて、急速に体温が上昇する。

下肢にも熱が溜まり、もういつ達してもおかしくないほどに高まっていた。

早くそこにも触れてほしいのに、ウィリアムは胸ばかり弄って結衣を焦《じ》らし続けている。

「もういやだ……早くっ」

我慢しきれなくなった結衣は両手でしっかりウィリアムにしがみつき、ねだるように腰をよじった。

「ユイ、おねだりはいいけれど、それははしたないね」

「だって、もう我慢できない、から……っ」

結衣は頬を真っ赤に染めながら訴えた。

「これだから、もう」

呻くように言ったウィリアムは、結衣を激しくベッドに押し倒し、すかさず上から覆い被さってくる。

「ああっ……んっ」

大きな手で熱く張りつめたものを握られて、結衣は満足の吐息を吐いた。

「もうたっぷり濡らしているな」

「やっ」

恥ずかしい事実を暴かれ、結衣はたまらず首を振った。

それでもやわらかくそこを擦られると、身体中に快感の波が伝わっていく。同時に乳首の先端を吸い上げられると、びくっと大きく腰が揺れた。

結衣は両腕でしっかりウィリアムの首に縋りつきながら、すべての愛撫を受け入れる。

張りつめたものを弄んでいたウィリアムの手が後ろへとまわり、蜜を絡めた指がするりと体内に潜り込んでくる。

「ああっ」

いきなり敏感な場所を擦られて、結衣はひときわ高い声を放った。

「すごく熱くなっている。私の指をきゅうきゅう締めつけてくる」

「あっ、や、言わないで……ああっ」

「ユイが感じるところ、もっといっぱい弄ってあげよう」

「やだっ」

結衣は羞恥のあまり小刻みに首を振った。でも中に入れられた指でそこを押し上げられると、張りつめたものからもじわりと新たな蜜が溢れる。

「ユイ、我慢できないなら、達ってもいいんだよ？」

「あ、や、あぁ……っ」

達くなら一緒がいい。

そう言おうと思った瞬間、ウィリアムがふいに頭を下げてくる。

狙《ねら》われたのはつんと尖ったままの乳首だった。

「可愛いね」

そう囁いたウィリアムがかりっと先端に歯を立てる。

それと同時に中の指でも敏感なポイントをくいっと抉られ、結衣はとうとう限界を超えた。

「ああっ……あ、あぁ……っ」

高い声を上げながら、ウィリアムの手に全部出してしまう。

その時、中に入れられた指も一緒に、ぎゅっと締めつけていた。

仰け反った喉に、ウィリアムがそっと口づけてくる。

「たっぷり可愛い顔を見せてくれたね。でも、まだこれからだよ、ユイ。今度は口でもしてあげよう」

熱っぽい声をかけられて、結衣は懸命に目を開けた。

ウィリアムの端整な顔にもどこか淫蕩《いんとう》な雰囲気がある。

解放の直後でまだ息も整わない状態だったが、結衣は必死に上体を起こした。

「今度はぼくが……ぼくにもさせて」

恥ずかしくてたまらなかったけれど、そう口にする。

「ユイ、なんてことを……それはまだ早い」

ウィリアムは首を振ったけれど、結衣は自ら行動を起こして意志を示した。

じりじりウィリアムににじり寄って、体勢が逆になるようにのしかかる。

ウィリアムは降参するように身体の力を抜いた。

ベッドに仰臥《ぎょうが》したウィリアムの身体に恥ずかしげもなく乗り上げると、力強く張りつめている逞しいものが目に入る。

太い先端に蜜を滲ませたものに、結衣はかっと頬を染めた。

いつもしてもらうばかりで、自分からするのは初めてだ。でも、勇気を掻き集めて、そっとウィリアムの中心を手に取った。

「あ……っ」

あまりの熱さに、びくりとなる。

すると、その振動が伝わったのか、ウィリアムもくぐもった声を漏らした。

「……んっ」

手で触っただけでウィリアムも感じている。

そう思うと、すごく嬉しくなった。そして、もっともっと大胆に触れたいという欲求が湧《わ》いてくる。

結衣は両手で逞しいものを支え、そっと顔を近づけた。そうして大きく口を開けて、ウィリアムを咥え込む。

「……んっ、うむ……ん」

口中に迎え入れただけで、またウィリアムがぐんと大きくなった。

苦しくてたまらなかったけれど、結衣はいつもウィリアムがしてくれるやり方を思い出しながら、奉仕を始めた。

「ユイ、気持ちがいい」

本当に気持ちよさそうな声にも助けられ、結衣は大胆にウィリアムを貪《むさぼ》った。

先端の窪みに舌を這わせて蜜を舐め取り、それから笠《かさ》の部分にも丁寧に舌を這わせる。

「んぅ……く……んっ」

いくら大きく口を開けても、逞しいウィリアムを全部咥えることはできない。半分ほどを出し入れするだけで、精一杯だった。

「ユイ……もう、達きそうだ」

ウィリアムはそう囁くと、結衣の頭を優しくつかむ。

口淫をやめさせられそうになった結衣は、懸命にかぶりを振った。

どうせなら、最後までしてあげたい。

しかし、ウィリアムはいやがる結衣の口から強引に自身を引き抜いてしまう。

「やっ……」

「ユイ、君の中で達きたい」

切羽詰まったような声に、結衣は涙で曇った目を見開いた。

熱っぽく自分を見つめる青い瞳と視線がぶつかる。

ウィリアムも早く自分を欲しがっている。

そう感じたとたん、結衣は恥ずかしさも忘れて訴えていた。

「早く……ウィリアム……ぼくも、欲しい……っ」

ウィリアムのものを舐めているだけで、身体が熱くなっていた。

さっき指で散々弄られた場所に、もっと大きなものを入れてほしい。

そしてウィリアムと完全にひとつに繋がりたかった。

「ユイ、どうして君は、そう私を煽るんだ。もう加減などできないぞ」

ウィリアムの青い目がさらに光を増す。

次の瞬間、結衣は再びベッドに背中を押しつけられていた。

両足をつかまれて広げさせられる。そうして蕩けた窄まりに熱く滾ったものが押しつけられた。

凶暴に嵩を増したものが、狭い場所を割り開く。

「あっ……あああ……あ……」

結衣は最奥まで一気に太い杭で貫かれた。

敏感な壁をいやというほど硬い切っ先で抉りながら、ウィリアムの灼熱が最後までねじ込まれる。

「愛している、ユイ……ずっと私のものだ」

「あ……ウィリアム……」

信じられないほど身体の奥深くまでひとつに繋がっていた。

しっかりと抱きしめられて、唇も情熱的に塞がれる。

隙間はどこにもなく、すべてがひとつに溶け合っていた。

「可愛いユイ、これからもずっと一緒だ」

「ウィリアム……あ、愛してる……」

熱く囁いたとたん、ウィリアムはいきなり激しく腰を使い始めた。

奥まで突き刺したものをぐいっと抜かれ、また最奥まで押し戻される。

「あぁっ……あっ……あっ」

突かれるたびに、ウィリアムと繋がっている部分が焼けつくように熱くなる。

結衣は無意識のうちにも、できるだけウィリアムを深く受け入れようと、自分から大胆に両足を絡めた。そして淫らに腰を動かして中に入れられた灼熱を貪る。

「あああっ」

ぐっと奥まで太い杭が入り込んだ瞬間、結衣は我慢できずに白濁を噴き上げた。

でも、まだ終わりじゃない。

中を埋め尽くすウィリアムは、まだ熱く結衣を求めている。

「ユイ、もっとだ」

「あ、ふっ……ああっ、あっ、あっ……」

ウィリアムの動きがますます激しくなる。

達したばかりの敏感な壁を擦られて、結衣もまたすぐに次の波を迎える。

大きく揺さぶられ、結衣は懸命にウィリアムにしがみついた。

結衣の腰をかかえ込んだウィリアムがひときわ強く最奥を抉る。

「くっ」

「あっ、あぁあ――……」

びしゃりと熱い奔流を感じた瞬間、結衣は再び高く上りつめていた。

エピローグ

すっきりと晴れ渡った空の下、教会の鐘の音が鳴り響いていた。

清楚なウェディングドレスに身を包んだ結衣は、ぱりっとしたモーニングコートを着込んだ前侯爵に腕を預け、しずしずとバージンロードを進んだ。

祭壇の前で待っているのは、二十五代目ハミルトン侯爵となったウィリアムだった。純白のテールコートを着たウィリアムは輝く金髪に真っ青な瞳。素晴らしくハンサムで誰もが見《み》惚《と》れてしまうほどだ。

そのウィリアムのすぐ後ろには、渋々ながらベストマンの役目を引き受けたチャールズがモーニングコート姿で控えている。

祭壇の前でウィリアムの腕に委ねられた結衣は、はにかんだように頬を染め、それでも未来の夫を見つめる。

青の双眸が真摯に見つめ返してきて、結衣はいちだんと頬を染めた。

これは一連の茶番劇の総仕上げ。この結婚式が終われば、結衣の女の子役も終わる。

世間を騙し続けた決着をどうつけるのか、結衣はまだ何も聞かされていない。

それでもこの結婚式を仕組んだのは、老獪《ろうかい》でいながら案外茶目っ気もある前侯爵と、今やハミルトン財閥の総帥として、絶大な力を誇るようになったウィリアムなのだ。結衣が心配することなど、何もなかった。

この結婚式には日本から結衣の母もやってきて出席している。

今までのことを包み隠さずに明かすと、母は呆れるやら笑うやらと忙しい反応を見せた。それでも、ウィリアムが真剣に結衣をくださいと頭を下げた時には、仕方がないわねと許してくれた。そして母は、血の繋がりはなくても、可哀想な唯花ちゃんの代わりに、これからもお祖父さんにも優しくしてあげるのよと、念を押すことも忘れなかった。

男同士の恋愛に理解を示してくれた母に、結衣は心から感謝した。

新侯爵となったウィリアムは、まだまだ忙しい日々を送っている。結衣は大学への入学を来年に延ばし、ウィリアムがずっと気持ちよく過ごせるように、そばで見守るつもりだ。

少し落ちついてきたら、事業の面でもウィリアムを助けられるように、しっかりと経済を学びたいと思っていた。

厳《おごそ》かな雰囲気の中で式が進み、誓いを交わす場面となる。

「汝《なんじ》、病める時も健やかなる時も、この女を妻と定め、生涯愛し敬うことを誓うか?」

「誓います」

司祭の声にウィリアムがよどみなく答える。

「汝は、この男を夫と定め、生涯愛し敬うことを誓うか?」

結衣はこくりと喉を上下させてから、ゆっくり誓いの言葉を口に乗せた。

「誓います」

これは偽りの結婚式だ。それでも、この誓いに嘘はない。

司祭の指示に従って、指輪の交換も終える。

晴れて花嫁となった結衣は、花が綻《ほころ》ぶような微笑を夫となったウィリアムに向けた。

――END――

あとがき

こんにちは、秋山みち花です。このたびは【侯爵様の花嫁教育】をお手に取っていただき、ありがとうございました。ルチル文庫さんで四冊目となります本書は、王道のロマンスものでしたが、いかがだったでしょうか？

幼い頃に出会い、無自覚な初恋に落ちる。それが大人になって再会し、運命の恋だったと知る。子供の時からずっと一緒の場合は「幼なじみもの」になりますが、本書は「再会もの」でしょうか。とにかくお互いに脇目もふらず、最初からたったひとりの人だけを一途に思っている。作者はこういう展開が大好きです。

本書の結衣とウィリアムの恋愛も、まさしくこの黄金パターン。わりと年齢差があるので、もしかすると子供の結衣に目をつけたウィリアムは、かなり危ない人ということになるのかもしれませんね。

最初のキャラ設定では、ウィリアムはもっと冷徹で傲慢なタイプでした。本心を見せずに結衣を厳しく教育していく、みたいな感じです。でも、可愛い結衣をそばに置いているのに、冷たい態度を貫きとおすのは無理だろうなと、最終的にけっこう紳士的で優しいキャラになりました。あ、でも結衣をお嬢様の身代わりにして、色々やっちゃってるので、紳士的とは言えないか（笑）。

あとがき三ページあるので、ここでちょっと「花嫁もの」のことをお話ししてみたいと思います。

今まで色々と「花嫁もの」を書かせてもらってて、今回改めて数えてみました。秋山の本で、タイトルに「花嫁」とか「婚礼」とかの文字が入っているもの、どれだけあるのかなと。結果は、発行点数の約三分の一でした（笑）。これって、やっぱり多いんでしょうか？　それとも案外少ない？　考えてみると、ハッピーエンドの醍醐味は「おまえは俺の伴侶だ」ですよね？　伴侶ってことは、花嫁ですよ。だから、ほんとは「花嫁もの」が百％でもおかしくないと思うのです。

ちなみに本書のタイトルですが、要素は「侯爵」「身代わり」「花嫁」「淑女」「教育」等々。色々組み合わせてみて、担当様ともご相談の上、最終候補に残ったのが「侯爵の花嫁教育」です。「侯爵」にするか「侯爵様」にするかは、編集部でアンケートを取っていただきました。「様」付きのほうが可愛いよねというご意見が多かったそうで、「侯爵様の花嫁教育」で決定。だいたい、こんな流れでした。発行点数が増えてくると、タイトルに「花嫁」を入れるにも、わりと苦労してます。

といったところで、話が完全に横道にそれてしまいましたが、閑話休題でした。

本書のイラストはサマミヤアカザ先生にお願いしました。サマミヤ先生の絵で可愛い結衣が見たいなぁなんて、振袖とかいっぱい着せちゃいましたけど、ほんとにステキに描いていただいて、ありがとうございました。

ご苦労をおかけした担当様、編集部の皆様、本書の制作に携わっていただいた方々にもお礼を申し上げます。

いつも応援してくださる読者様、そして本書が初めてという読者様も、最後までお読みくださって、ありがとうございました。ご感想、ご意見などいただけると励みになりますので、よろしくお願いします。

そして、また次の作品でもお会いできれば嬉しいです。

秋山みち花　拝

✦初出　侯爵様の花嫁教育……………書き下ろし

秋山みち花先生、サマミヤアカザ先生へのお便り、本作品に関するご意見、ご感想などは
〒151-0051 東京都渋谷区千駄ヶ谷 4-9-7
幻冬舎コミックス　ルチル文庫「侯爵様の花嫁教育」係まで。

幻冬舎ルチル文庫

侯爵様の花嫁教育

2013年11月20日　　第1刷発行

✦著者	秋山みち花　あきやま みちか
✦発行人	伊藤嘉彦
✦発行元	株式会社 幻冬舎コミックス 〒151-0051 東京都渋谷区千駄ヶ谷 4-9-7 電話 03(5411)6431［編集］
✦発売元	株式会社 幻冬舎 〒151-0051 東京都渋谷区千駄ヶ谷 4-9-7 電話 03(5411)6222［営業］ 振替 00120-8-767643
✦印刷・製本所	中央精版印刷株式会社

✦検印廃止

ISBN978-4-344-82975-6　C0193　Printed in Japan